Le grand voyage
du chat Moune

Philippe Ragueneau

Le grand voyage du chat Moune

et autres histoires

Albin Michel

Illustrations de
Catherine Leborne-Milhoud
et Nicole Montet

22, rue Huyghens, 75014 Paris.
ISBN 2-226-02329- 1

Le grand voyage du chat Moune

«... ET ALORS? s'enquit Stella, avec de l'angoisse dans la voix. Qu'est-ce que vous allez faire?»

Catherine haussa des épaules qui pesaient leur bon quintal de perplexité :

«Je ne sais pas...»

Moi je savais :

«On l'emmène à Gordes, voilà tout.»

Depuis trois semaines, pour le moins, l'affaire affichait son évidente priorité au catalogue rebutant de nos soucis. Pour résumer, nous nous disposions à prendre deux mois de vacances d'affilée — événement déjà remarquable en soi — et cela, pour des raisons diverses et convergentes : Mme la productrice d'*Amuse-gueule* avait campos en juillet et août et ne réapparaîtrait sur les « étranges lucarnes » que début septembre ; mon statut tout frais de retraité m'autorisait à planifier librement les tâches qu'impliquait mon statut, plus frais encore, de consultant privé ; enfin et peut-être surtout, la bicoque que nous nous efforcions de faire construire à Gordes réclamait — à en croire mes amis Gabriel, Gordiens de vieille souche — une présence aussi urgente qu'attentive. Il en résultait que les dispositions adoptées les années d'avant tombaient à l'eau, à moins de faire admettre au chat Moune qu'il ne mettrait pas le nez dehors pendant soixante jours consécutifs puisque — mes lecteurs s'en souviennent peut-être — notre fidèle Hélène, qui nous relaie à sa garde affectueuse, ne peut le laisser sortir sans courir le risque de ne pouvoir le récupérer à l'heure où elle regagne son propre logis. Or je savais, moi, qu'informé de la punition, Monseigneur jetterait les hauts cris. Je l'entendais déjà d'ici :

« Non mais ça va, la tête ? Deux mois bouclé dans la taule à circuler du fauteuil à la caisse et de la caisse au placard ? Sûr que je deviens neurasthénique ! Déjà que le moral est plutôt bas quand je vous vois sortir les valises... Alors, pensez, trente jours de rabiot, c'est la déprime grandiose, le spleen ravageur, la tentation suicidaire... »

... « Et tu ne penses pas, objectait Catherine, que le voyage est pire encore ? Il déteste l'auto, tu le sais bien, sauf pour se fourrer dessous quand elle est devant la porte...

— Vous pourriez lui donner une pilule ? hasarda Stella. Je fais ça avec les miennes et elles roupillent gentiment pendant tout le voyage... (Il convient de préciser que notre amie Stella est licenciée ès chats et que ses vacances à elle sont subordonnées aux humeurs, généralement peccantes, de ces dames...) De toute façon, je suis de l'avis de Philippe : Moune est foncièrement un chat de rue qui a simplement choisi de rentrer chez vous pour la nuit. Mais deux mois sous les verrous, et sans vous voir en plus...

— ... Ni voir ses copains ! Ni son territoire ! (J'avais

une alliée, je faisais donner l'artillerie de marine.) Sans compter que, pour nous aussi, le temps serait bigrement long... (J'observais, dans l'œil de Catherine, l'effet dévastateur d'un coup au but.)... Il nous a assez manqué l'an dernier ! (Pan ! Deuxième coup au but !) Et, à notre retour, va savoir s'il nous reconnaîtrait ? (Le drapeau blanc flottait au parapet...)

— Bon, admettons. Mais une fois là-bas ?... Il va se perdre. Ou passer sous une voiture. Ou se faire tirer comme un lapin... »

Le gang adverse s'esclaffait :

« Et ici ? Des voitures, dans les rues de Paris, il en passe davantage que sur la route de Murs ! Et puis la chasse n'est pas ouverte ! Et les chats ne se perdent jamais !... »

Catherine s'effondrait dans une capitulation sans conditions. Bon prince, j'offrais la paix des braves.

« Je propose ceci : je viens le chercher fin juillet et on rapplique tous les deux, de nuit et en wagon-lit. Ça devrait lui convenir tout de même ? »

Les deux mères chats battirent des mains :

« Ça c'est une riche idée !

— Une idée pour riches, plutôt. Mais quoi ! Que ne ferait-on pour un ron-ron de Monseigneur ? »

Tout paraissant ainsi réglé, je biffai mentalement la priorité Moune sur le catalogue-rebutant-de-nos-soucis et je sortis les apéros pour arroser cette victoire à l'arraché.

Le héros de la fête s'était allongé sur la table basse, devant le canapé. Son œil brillait de satisfaction et j'y lisais à livre ouvert :

« Eh ben voilà ! Suffisait de gamberger un chouia. Quand tu veux bien t'en donner la peine, avoue… »

Tout, pour autant, n'était pas coulé dans le bronze. Encore fallait-il armer Sa Seigneurie contre les dangers sournois qui guettent le voyageur et, d'abord, le mettre à l'abri de ces affreuses petites bestioles qu'on appelle microbes et dont il s'était, jusqu'ici, superbement contrefoutu.

« Le minimum, annonçait Stella, c'est la rage, le typhus et le coryza. Qu'est-ce qu'il a eu, jusqu'à présent ?

— Rien. Il n'est vacciné contre rien. »

Aurais-je vidé ma pipe dans la soupière que je n'eusse pas suscité plus de réprobation...

« Rien ? Vraiment rien ?

— Ben, tu sais, à mon avis, il s'est immunisé tout seul en buvant l'eau croupie des caniveaux et en bouffant, des années durant, des tas de saloperies... J'ai connu, à Marseille, un vieux toubib qui administrait à ses clients, chaque jour, une cuillerée à soupe d'eau du port. Après ça, disait-il, rien que leur haleine tue les microbes à cent mètres... »

La recette de mon vieux toubib n'avait pas l'air d'impressionner plus que ça mon auditoire...

« Soyons sérieux, décréta Catherine. Nous irons dès demain chez le vétérinaire. On en profitera pour inaugurer la bulle... »

Je vois, à vos yeux ronds, qu'à ce point du récit il me faut vous présenter la bulle, cadeau munificent de Claude Sylvain, autre experte en greffiers de tout pelage et tous horizons, et dont la prolifération galopante la menace, à court terme, d'expropriation pure et simple...

La bulle, donc, est un panier à chat — mais qu'est-ce que je raconte, un panier à chat ? Une maison ! Que dis-je, une demeure, un hôtel particulier, un palais !... Des parois en plastique transparent l'habillent entièrement, hormis la porte, délicatement ouvragée et munie d'une fermeture raffinée, et le fond que percent seize trous moulés et attentivement ébarbés destinés à assurer une saine aération. Une poignée solide, en cuir, cela va de soi, permet de soulever l'habitacle et son habitant. De moelleux coussins garantissent le confort des fesses. L'intérêt du bidule — le plus obtus l'a déjà compris — est que le locataire voit tout ce qui se passe : le ciel au-dessus de sa tête, les gens qui font guili-guili, les clebs qui se cassent la truffe sur le Plexiglas, et même le trottoir qui défile, en bas, au pas du porteur. On est bouclé, c'est vrai, mais on est à l'abri (ça compte) et, surtout, on ne fatigue pas (appréciable. Elle est pas belle, la vie ?). Restait, bien sûr, à convaincre Diabolicus des mirifiques vertus de la canfouine.

La vérité oblige à dire qu'il y pénétra sans trop rechigner. Juste un petit coup de pied au cul — léger, léger ! histoire de l'encourager —, et il se pelotonna sur son coussin sans jurer ni cracher. D'une main ferme, je descendis le colis jusqu'à la voiture et cloquai le tout sur la plage arrière. Mais, lorsque je mis la Golf en marche, il commença à s'agiter...

Il a toujours détesté la voiture, le fait est établi. Ce qui l'affole, c'est le défilement rapide des objets, sites et lieux qu'il ne connaissait qu'immobiles. Ces façades, ces silhouettes et ces rues qui se jettent sur lui à toute vitesse le paniquent littéralement. J'ai beau conduire le plus doucement possible, le basculement de ses univers familiers chamboule toutes ses données visuelles. (Normal. Imaginez nos arrière-grands-parents lancés à toute pompe dans les rues des villes ou sur les nationales... A ramasser à la petite cuillère.)

Je trouvai à me garer rue des Rosiers, à deux pas de chez le toubib. Le hall d'attente ressemblait au zoo de Vincennes. Dans des paniers, sous les chaises, dans des cages, sur les genoux — et même en vadrouille, chats, chiens et oiseaux menaient grand tapage. Côté bipèdes, on communiait dans la religion des inconditionnels du poil ou de la plume. En quelques instants, nous fûmes dûment instruits du Q.I. (très élevé) des chers trésors, tout aussi bien que des indispositions, eczémas, prurits et constipations qui les amenaient céans.

Moune, dans sa bulle, faisait l'objet des convoitises des parents et de la curiosité des bestiaux. Bien à l'abri derrière son vitrage, il observait avec intérêt les clebs qui tentaient, en vain, de le renifler. De temps en temps, il nous jetait un coup d'œil complice.

« Pas mal, votre truc, finalement. Ce teckel, par exemple, sûr qu'il m'aurait cherché des crosses... Fume donc, affreux ! c'est du belge. »

Notre tour était venu.

« Quel beau chat ! s'exclama le praticien. Il a quel âge ? »

Je m'apprêtais à lâcher le numéro selon moi idoine, mais Catherine me coupa brutalement mes effets :

« Ne l'écoutez pas, il va dire n'importe quoi ! Non il n'a pas dix-sept ans ! On ne sait pas l'âge qu'il a, et mon mari le vieillit à plaisir ! C'est simple, tous les ans, il lui donne un an de plus... »

Catherine est femme d'esprit. Elle mesura dans la seconde la cocasserie du truisme, et un fou rire collectif évacua momentanément le grand débat sur l'âge du chat

Moune. Pour l'heure, le patient se laissait palper avec résignation. Il supporta la première piqûre sans broncher, tel un Romain de l'antique. La seconde lui fit éructer quelques injures de principe. A la troisième, il devint franchement ordurier et cracha au nez de l'infirmière un paquet d'obscénités. Je tentai de l'excuser :

« C'est un bon gros, vous savez. Mais dame, côté bonnes manières, il y aurait quelquefois à redire... L'éducation des rues, que voulez-vous...

— Ne vous inquiétez pas, monsieur. Dans mon métier, j'en ai entendu d'autres ! »

Mais, d'un coup de rein, Moune lui avait glissé des mains pour sauter sur le carrelage. Il semblait excédé.

« Vous commencez à m'emmerder, si vous voulez tout savoir ! Allez, papa, on se tire ! »

Au reste, la Faculté en avait terminé avec lui, et je lui ouvris la porte de la bulle dans laquelle il se rua littéralement.

« Ben tu vois, dit Catherine gaiement, il s'y habitue.

— Ouais... Disons plutôt qu'il gare ses miches... »

Le retour fut sans histoire. Il me sembla même qu'il trouva à la voiture des côtés sécurisants...

Dix jours plus tard, on descendit les valises du grenier. L'heure du grand départ avait sonné.

Moune, que notre mère Nature a doté d'une mémoire phénoménale, errait mélancoliquement entre les bagages, les piles de vêtements, les chaussures d'été. Il savait ce que signifiait ce remue-ménage, oh oui ! Au gnouf pour un bon bout de temps, portes closes et nuits solitaires... Nous étions aussi déprimés que lui, mais que faire d'autre ? Nous n'étions même pas sûrs que la maison de Gordes eût déjà toutes ses portes, c'est vous dire ! Un mois plus tard, ce serait différent...

Vaquant dans l'appartement à la poursuite rituelle de l'adjuvant indispensable qu'« il ne faut surtout pas oublier » (et qui le serait de toute façon), il nous arrivait de le retrouver, lové dans une valise ouverte, l'air malheureux. Il fallait l'en extraire, à un moment ou à un autre, avec une infinie douceur, des petits baisers, du gros câlin, un tas de promesses... « Mais oui, je viendrai te chercher, c'est promis. Ça ne sera pas trop long, tu verras... »

Quand même, nous n'étions pas fiers, ce matin-là,

en refermant doucement, comme des voleurs, la porte de l'appartement... De crainte qu'il ne s'échappât, Hélène, pour les adieux, l'avait pris dans ses bras. Mais non, il savait, et il ne tentait rien... Aujourd'hui on n'irait pas rôder dans les odeurs enivrantes du jardin ; on n'irait pas dans la rue jouer avec les copains ou courser les indésirables, et papa, ce soir, ne lancerait pas à tous les échos ses « Moumoune, Moumoune ! Viens dîner ! ». On ne sortirait pas des buissons, heureux et fourbu, avec cet appétit féroce des grandes vadrouilles ; on ne réclamerait pas, en bas des marches, « l'ascenseur Moune », si chaud et si douillet quand les vieilles pattes crient grâce ; on ne s'amuserait pas, sur le canapé, à embrouiller les laines de maman et à flanquer ses pelotes par terre, pour rigoler ; on ne se ferait pas non plus gratter le ventre ou bécoter le museau et, vers minuit, on ne se pourlécherait pas les babines devant le petit « en-cas » de tradition... Aujourd'hui, Hélène ferait de son mieux pour consoler, et puis elle s'en irait chez elle. On entendrait, avec angoisse, la clé tourner dans la serrure et, dans l'appartement envahi par la nuit, on se chercherait, sans goût pour rien, un coin tout noir où l'on compterait, jusqu'au matin, les heures lentes de la solitude...

Il nous regardait nous en aller, les yeux pleins de tristesse et de reproche... Ah non, nous n'étions pas fiers !...

Jusqu'à Gordes, la route nous parut très longue.

Je ne vais pas, rassurez-vous, décrire après tant d'autres les soucis, déboires et angoisses des naïfs obstinés que rongeait, depuis la puberté, l'ambition bourgeoise d'édifier leur « Samsuffit »... De talentueux aventuriers ont tout dit sur la question — ce qui, par parenthèse, n'a nullement découragé leurs émules. Mais n'a-t-on pas écrit que le bonheur de l'homme se nourrissait d'illusions ?... Pour ce qui nous concerne, nous avions, à hauteur de Dijon, évoqué la terrasse inondée de soleil où, vautrés dans les transats, nous humerions le frais arôme du pastis inaugural ; à la sortie de Lyon, nous offrions nos charentaises au joyeux feu de bois qui craquait dans la cheminée ; au péage de Vienne, j'étais sorti, sécateur à la main, pour tailler quelques arbustes devant le pignon ouest ; aux approches de Montélimar,

Catherine entreprenait de passer l'aspirateur dans les pièces avant l'arrivée des meubles que le déménageur nous livrerait le lendemain même de notre arrivée cependant que, sifflotant gaiement, j'accrochais au mur quelques sous-verre et, quittant l'autoroute à Avignon-Sud, nous mettions la dernière main à la liste des amis conviés à une fastueuse pendaison de crémaillère... Las, passé le dernier virage du chemin d'accès à ces félicités, les visions idylliques s'abîmaient en mille morceaux avec un bruit de verre cassé... Car il n'y avait pas trace d'une terrasse à pastis (ni à rien d'autre, d'ailleurs) ; la cheminée végétait à l'état de projet ; les arbustes du pignon ouest disparaissaient sous des montagnes de pierres et de sable ; les murs appelaient un sérieux ponçage au papier de verre car, d'évidence, le plâtrier n'avait pas compris nos instructions ; quant à l'aspirateur, il attendrait sagement que le sol fût refait car le carreleur l'avait loupé. En bref, là où nous avions rêvé d'un havre de paix, nous découvrions un chantier hérissé de grues, truffé de bétonneuses, encombré de matériaux et semé de fondrières... Certes, nous n'étions pas sans savoir — il arrive au téléphone de fonctionner — qu'un printemps pourri avait retardé les travaux d'un mois et demi. Mais, contre toute raison, nous avions cependant tellement espéré !... Des naïfs, on vous dit.

La seule chose raisonnable à faire consistait à se retrousser les manches pour prêter main-forte aux braves gars qui faisaient de leur mieux pour rattraper le temps perdu. Parfois, tout en haut de l'échafaudage où elle décrassait les carreaux de couvert, Catherine connaissait un moment de découragement. Elle le surmontait toujours de la même manière :

« Allez, au boulot ! Il faut que Moune trouve une vraie maison quand il arrivera ! »

On peut donc avancer sans mentir que nous devons à Monseigneur de n'avoir pas tout envoyé promener et trouvé, au contraire, dans la perspective de son installation, les forces nécessaires pour trimer comme des forçats quinze heures par jour quatre semaines d'affilée.

Car le jour approchait où Hélène bouclerait ses valises pour aller se requinquer dans la chaude ambiance du pays natal et, par voie de conséquence, ferait au chat Moune des adieux mouillés...

En gare d'Avignon, Catherine me submergea d'ultimes recommandations :

« N'oublie pas de lui faire faire le rappel des vaccins... Et n'oublie pas non plus sa couverture ! Ni son bac à sciure... Et prends quelques boîtes pour le voyage... Et surveille sa température, surtout ! Et veille bien à ce qu'il ne se débine pas dans le couloir !... Et puis aussi... »

Mais le train s'ébranlait et le reste se perdit dans le claquement accéléré des roues...

Moune me fit un accueil attendrissant et britannique. Je veux dire par là qu'il sut, comme à l'accoutumée, masquer son émotion mais qu'il mit, dans son regard, tant de choses, mais tant de choses ! que j'en fus bouleversé... Lové dans mes bras, il y demeurait parfaitement immobile, la tête contre ma joue, et le petit moteur chantait à mon oreille la plus douce des musiques. Et puis, sans crier gare, une association d'idées le fit sauter à terre et cavaler vers la porte :

« S'il te plaît, fais-moi sortir ! Je m'ennuyais tellement !...

Il déboula l'escalier plus vite que moi. Sur le seuil,

il cligna des yeux dans le grand soleil de juillet qui éclaboussait les pavés, huma longuement les bonnes odeurs qui montaient du caniveau, lorgna de tous côtés pour s'assurer que la voie était libre et qu'aucun malfaisant n'allait lui fondre sur le râble et, rassuré, il fila comme une flèche en direction du jardin voisin.

De mon côté, j'allai quérir, auprès d'Hélène, des nouvelles plus détaillées que ne m'en avait dispensé le téléphone.

Vingt-quatre heures plus tard, nous étions sur le pied de guerre, les rappels de vaccins circulaient sous la fourrure, la valise était bouclée, les volets fermés et la bulle, porte ouverte, n'attendait que l'appel du taxi pour avaler son passager...

En route pour la gare de Lyon, le chauffeur s'informait :

« Il est beau, ce chat !... Il a quel âge ?

— Eh bien il a... Heu... Ma femme vous dirait qu'on ne sait pas au juste... Il vivait dans la rue, vous comprenez, et un soir il est entré chez nous, comme ça... Et sans papiers d'identité, rien !...

— Ah bon ?... On en a eu un, nous aussi, dans le temps. Un noir et blanc, très chouette. Il s'est barré quand la gamine est venue au monde... N'aimait pas la concurrence, faut croire. Voilà, monsieur, vous êtes arrivé... »

Sous la verrière, j'avisai un chariot libre. J'y installai ma valise et, sur le devant, côté public, Monseigneur dans sa bulle. Redoutant que le taxi ne se fît attendre, j'avais vu large et nous avions trois quarts d'heure à tuer avant le départ du train. Ça me donnait le temps d'aller acheter quelques journaux et de siffler une petite bière en terrasse. Mais je n'avais certes pas prévu le succès qui nous attendait ! Autour de mon chariot, les bonnes gens s'agglutinaient : Oh maman, t'as vu le gros chat ?... Qu'il est mignon !... Il a l'air bien, là-dedans !... Vous allez loin, monsieur ?... On peut le caresser ?... Je craignis, un court instant, que cela ne frisât la manif et que la maréchaussée me priât de « dégager fissa » au nom de l'ordre public. Je piquai donc un sprint en direction de la librairie. Malheur ! *L'Histoire édifiante et véridique du chat Moune* venait de sortir en livre de poche et il faut croire que la marchande avait pris le temps de le lire car, nous voyant entrer, elle me fixa d'un œil soupçonneux :

« Ça ne serait pas le chat Moune, par hasard ? »

Je balbutiai que si, justement, c'était bien lui, en chair et en poil, voyez donc comme le monde est petit, qu'il prenait le train avec moi, ce cher trésor, son premier voyage, pensez ! et que si elle voulait bien me donner *L'Express* et *Le Point* ça m'occuperait jusqu'à Auxerre... Cause toujours ! Elle avait fait le tour de son comptoir et, accroupie devant le chérubin, elle roucoulait des mots d'amour à faire se pâmer la star la plus blasée. Car il faisait très star, Monsieur Moune, alangui souverainement sur son coussin à fleurs, bien à l'abri derrière son Plexiglas, le menton sur la patte, l'œil au flou façon diva... Dans l'étroite boutique, c'était la révolution. Ceux qui ne voyaient pas poussaient ceux qui voyaient dans l'espoir d'apprendre ce qui se passait ; les curieux du premier rang informaient ceux du dernier ; des clients oubliaient leur monnaie (ou oubliaient de payer) ; « Poussez pas, voyons ! » protestait une dame qui me suppliait d'ouvrir la bulle « juste un petit peu, pour le caresser »... Mais la préposée reprenait, avec ses esprits, le sens des affaires : « Vous pourriez pas en dédicacer quelques-uns ? »

Je me voyais mal barré...

« J'aimerais bien, mais le train nous attend... Excusez-moi... »

Notre départ prit des allures de fuite car les chalands, qui se bousculaient en rêvant du fait divers saignant, menaçaient de nous bloquer là toute la nuit. Poussant mes colis au pas de charge, je me hâtai jusqu'au café où je me laissai choir, vanné. J'avais orienté le chariot de telle sorte que Moune pût se distraire au spectacle de la gare mais, cette fois-ci, ce sont les clebs qui rappliquèrent... Il y en avait partout ! Vacanciers de retour et vacanciers sur le départ se croisaient au bout d'une laisse. Quant aux bestiaux, ils tiraient dessus comme des forcenés pour venir flairer Moune sous le nez et ils entraînaient jusqu'à ma table des mémés chargées de paquets et des pépères empêtrés dans la canne à pêche. Il en résultait parfois de bruyants pugilats que le garçon de la terrasse lorgnait d'un air sévère.

Moune, ça le laissait de glace, toute cette agitation. Il levait parfois la tête pour bigler un setter agité ou un berger allemand tremblant d'excitation ; et puis il reposait le menton sur la patte dans la plus totale indifférence.

« Allons-y, Moune, ils nous ont assez vus et réciproquement... »

Et je portai mon barda jusqu'au wagon.

Comme promis, j'avais loué un « single » — le luxe. Urbain et stylé, le réceptionniste vint s'informer de nos desiderata. Je le priai d'abaisser la couchette du dessus de façon à laisser à Moune celle du bas, et de m'apporter le whisky-Périer des grandes émotions.

« Et... pour le petit ?

— J'ai tout ce qu'il faut pour lui, merci beaucoup. »

C'était vrai. Dans ma valise je trimbalais un assortiment de victuailles gouleyantes, le peigne et la brosse, le bac à sciure, un gobelet, les derniers jouets à la mode, la couverture préférée, une queue de renard, la petite souris... Autant dire que mes affaires à moi...

J'avais libéré le prisonnier, lequel, sans perdre une seconde, entreprenait l'exploration méthodique des lieux. Ce fut vite fait. En réalité, seule la porte l'intéressait. Comme d'habitude.

« Non, Moune, on ne va pas se promener dans le couloir.

— *Ben j'ai pas le droit de voir ce qui y a derrière ?*

— Maintenant on dort. Demain il y aura des tas de choses à voir.

— *Demain, demain... C'est toujours demain, avec toi !*

— Parce que c'est moi le chef.

— *Oh, dis ! Où t'as vu jouer ça ?* »

Ce qu'il y a d'agaçant, avec ce citoyen, c'est qu'il croit dur comme fer qu'il fait la loi, chez nous et ailleurs. On ne discute pas ses quatre volontés, d'accord, mais c'est par pure bonté d'âme, et ça ne l'autorise pas pour autant à hausser le ton, vous ne trouvez pas ?

Le mien de ton, en attendant, avait dû l'impressionner car il consentit à s'asseoir sur la couchette du bas, le nez contre la cloison, boudeur.

« Décontracte-toi, vieux. Il ne va rien t'arriver de fâcheux. »

Une statue de sel... Un chat, c'est bien connu, peut rester immobile pendant des heures. Par exemple, quand il va chasser le mulot dans le jardin des Soto, Moune se plante entre le grand peuplier et le mur du

fond, le cul sur les feuilles mortes, et il attend, hiératique, momifié, pétrifié, granitique, il attend sans que vibre un poil de sa moustache ou palpite un cil, il attend qu'une bestiole oublie sa présence et s'aventure hors de son trou. Ça n'est jamais arrivé, notez bien, parce qu'elle n'est pas plus conne qu'un greffier, la bestiole. Et moi j'aime mieux ça. Le côté panthère noire sur le sentier de la guerre de Monsieur Moune la Terreur, je n'apprécie pas tellement : j'aime aussi les oiseaux, les mulots et les souris. Soyons justes : je ne l'ai jamais vu tuer un autre bestiau, comme ça, pour le plaisir. Par contre, je l'ai surpris plus d'une fois jouant avec un moinillon tombé du nid ou une souris blanche, et sans leur infliger le moindre bobo. Délicat et tout...

« Ça, c'est pour commencer, prétend Catherine, toujours optimiste et boute-en-train. Quand il aura bien rigolé, le petit sadique va te le bouffer tout cru, c'pauv'piaf ! »

Qu'est-ce qu'elle va chercher là ! Tout de suite le drame, l'épisode sanglant, l'apocalypse !... Hé non ! Jamais il n'a bouffé le piaf, ni la souris. Jamais, au grand jamais ! D'abord parce que j'ai toujours subtilisé les bestioles qu'il avait dans les pattes (et uniquement parce qu'elles risquaient de choper, bêtement, un infarctus), ce qui fait qu'il n'y avait plus rien à bouffer de toute façon, et ensuite parce que la faim ne lui tord pas le ventre, à ce gros lard. Avec ce qu'il graille à la maison...

A propos de chats et de gibier, je connais un gars qui abrite, dans sa campagne, toute une smala de matous en perdition. Dans le lot, il y en a un d'assez particulier. Celui-là n'a qu'un bonheur, dans la vie : ramener à la maison les petits lapins qui se baladent dans le secteur. Où va-t-il les dénicher ? Au fond des terriers ? A la course ?... Il ne leur fait aucun mal. Il les alpague par la peau du cou et les trimbale tranquillement jusqu'au seuil de la cuisine. Mon marquis de Carabas colle les petits lapins dans son clapier et les gave de luzerne. Ça commence à lui faire un bel élevage. Moi je ne serais pas tellement surpris s'il larguait, un jour prochain, l'administration qui l'emploie à filer des coups de tampon sur de la paperasse superfétatoire...

Le nez obstinément collé contre la paroi du compartiment, mon chat à moi attend, dans l'angoisse, la suite des événements. Il faut dire que les deux heures qu'il vient de vivre ont donné résolument dans le farfelu, l'insolite et le déroutant : la bulle dans l'escalier, le taxi dans la nuit, la chienlit dans la gare, la promenade en chariot, l'assaut des fans, le rallye-cabots et, maintenant, cette boîte hermétique qui n'annonce rien de bon...

Qu'est-ce que je vous disais ? Vous avez entendu ce bruit ? Et la secousse ?... Tout se met à bouger, à présent !... Ça remue, ça grince, ça roule même, on dirait ! Vous sentez ? Oh là là, maman, qu'est-ce qui nous arrive !...

Allongé sur la couchette supérieure, je me penche pour voir où en est mon gros chat... Eh ben !... Il est toujours assis, comme tout à l'heure, mais, cette fois, au milieu d'une mare qui s'élargit de seconde en seconde. A la télé, la pub des couches Machinchouette appelle ça « l'humidité ». Délicat euphémisme. Appelons, nous, les choses par leur nom : pour un beau pipi, c'est un beau pipi !

Je descends vite fait, je retire de dessous ses fesses le drap trempé, je change la couverture, je dispose l'autre drap par-dessus et j'installe mon matou au sec.

« Tu as si peur que ça, ma petite Moune ?... Je vais rester à côté de toi, tu vois, avec ma main sur ta fourrure. Tu n'as rien à craindre... Veux-tu boire ? »

Non, il ne veut rien. Il n'a envie de rien. Il a peur et c'est tout. Si, au moins, il pouvait dormir...

Lorsque le contrôleur nous a réveillés, nous n'étions plus très loin d'Avignon.

Moune me dit bonjour sans entrain (son petit « Hé ! », si caractéristique) mais il refusa le « foie-volaille » que je lui proposais. Tant qu'il serait dans ce machin-là, secoué comme un prunier, il jeûnerait. Prudent.

Quand j'ouvris la bulle, il comprit aussitôt que les épreuves touchaient à leur fin et il s'y engouffra fougueusement. Dans le couloir, ma valise d'une main et mon chat de l'autre, je subis d'ultimes hommages ensommeillés et, à la fin des fins, le convoi s'immobilisa le long du quai dans un grincement de freins libérateurs.

Catherine nous aperçut de loin. Elle courut jusqu'à nous comme une folle et nous sauta au cou. La famille, enfin, était réunie.

Sur la route qui nous menait à Gordes, Moune ne décolérait pas :

« Alors là vous êtes durs, les parents ! Le machin qui vous secoue les tripes c'était déjà pas du gâteau, mais ça, c'est le pompon !... J'aime pas la voiture !...

— Arrête de rouscailler, Moune, pour arriver chez nous, on n'a pas le choix. Ça ne sera pas long, de toute façon.

— *J'aime pas la voiture... J'aime pas la voiture... J'aime pas la voiture...*

— Il est usant... », gémit Catherine qui le prit d'autorité sur ses genoux. Elle lui plaqua une main sur les yeux et, dès lors que la terre entière ne se ruait plus sur sa rétine à la vitesse de la lumière, il se calma.

Lorsque j'abordai, à l'allure d'un cheval au pas, le raidillon qui nous hissait jusqu'à la maison, Moune devina que ses univers familiers reprenaient leur rassurante dimension et, dressé sur ses pattes arrière, il jeta autour de lui un regard périscopique. La voiture, certes, tanguait dans les ornières mais ce n'était ni pire que le train, ni très différent de la marche à pied. Il commença à s'agiter.

« Tiens-le pendant que je vais ouvrir ! » me lança Catherine en claquant la portière derrière elle. (Nous étions en effet convenus de ne pas le lâcher dans la nature avant qu'il n'ait fait sienne la succursale gordienne au point d'y revenir les yeux fermés, qu'il vente ou qu'il grêle.) C'est donc étroitement serré dans mes bras que Monseigneur franchit le seuil de sa nouvelle demeure.

Il sauta à terre, s'assura qu'aucun nouveau piège ne guettait le voyageur puis, rassuré, il partit à la découverte.

La maison lui plut d'emblée. L'immense baie vitrée du salon le fascina tout particulièrement. Devant lui, l'océan des collines moutonnait jusqu'à l'infini. Et ça, il ne connaissait pas… Assis devant le vitrage, il contemplait ces horizons de démesure, tâchant de comprendre ce qui faisait les arbres si petits et l'espace si

dénué de murs… Il tourna vers moi sa petite tête ronde.

« Je voudrais aller voir…

— Dans deux jours, ma Moune. Pour l'instant, flaire ta maison et observe bien. Si tu te perds, il faudra que tu nous retrouves.

— *Bon, d'accord. Quand c'est qu'on bouffe ?* »

Il avait faim. Allons, tout rentrait dans l'ordre.

Moune est chez lui.

Il a tout vu, tout inspecté. Il a, partout, apposé sa marque possessive en frottant le côté de sa tête contre les chambranles, les pieds de chaise, l'angle des murs…

Ce soir, nous le descendons chez nos amis Gabriel qui habitent, dans le bas de Gordes, une maison ancienne romantique, très joliment restaurée. Un petit trajet que nous ferons en pères peinards… Nous aimons beaucoup René et Janou Gabriel, et Moune, qui a de l'instinct, va sûrement les aimer aussi. Comment ça va se passer avec leurs bêtes, ça c'est une autre histoire… On verra bien.

Deux petits kilomètres dans la bulle, à trente à l'heure, il a la bonté de ne pas en faire un clafoutis... Nous y voilà et on s'annonce. Dans l'entrée de nos amis et pendant que les femmes se bécotent, j'ouvre la porte de la cage et Monseigneur se trouve nez à nez avec Nelly, une chienne dratar de belle taille, douce comme duvet, et qui ne doit probablement pas savoir que sa mâchoire peut lui servir éventuellement à autre chose qu'à broyer des os. La rencontre est sans éclats. Pour le principe, Moune crachote sans conviction, histoire de rappeler que sa réputation de dur à cuire n'est pas surfaite, et il se coule dans le salon où Poussy, la chatte tricolore, l'attend de pied ferme.

On s'en doutait un peu. La réception est dans la tradition et Madame Poussy ne fait pas dans la demi-teinte : elle éructe des injures à faire rougir un légionnaire en goguette et sa queue, qui a triplé de volume, signifie clairement à l'intrus que la porte est au fond à droite, à moins qu'il ne préfère, allez savoir, une dérouillée de derrière les fagots.

Moune ne répond pas aux vociférations de la mégère, et pour une très bonne raison : il sait qu'elle est chez elle et que lui, dans les mêmes circonstances, réagirait identiquement. C'est la loi du territoire. « ...*Mais pour ce qui est de m'impressionner, ma vieille, tu fais pas le poids... J'ai pas l'intention de m'incruster, si c'est ça qui t'inquiète. Je me tire avec les parents, mais quand ils décideront. En attendant, tu t'écrases, tu te retires de mon soleil et t'arrêtes de me postillonner dans le museau. J'aime pas ça.* » D'un pas très noble et très lent, il se dirige vers une chaise, saute dessus et s'installe, la tête dans les pattes — lointain.

Janou s'est emparée de la furie et, redoutant un pugilat, elle va la déposer dans la cour, en terrain neutre. Et la soirée s'écoule, sans autre incident, dans la joie des chaudes retrouvailles.

Entre poire et fromage, les commensaux s'interrogent : où est passé la Moune ? Saisi d'une illumination divinatoire, René monte à l'étage... Mais oui, il est là, couché sur le lit que nous avons occupé trois semaines d'affilée car — est-il besoin de le préciser — notre maison était si peu en état de nous accueillir que c'est chez nos amis que nous avons campé, en attendant la fin des gros travaux. Moune est venu fureter par ici, il a senti, sur le couvre-pied, notre odeur et il a compris que cette chambre figurait une sorte de succursale bis où il était un peu chez lui, puisque chez nous, et où personne ne viendrait l'asticoter.

Rassuré et attendri, René a refermé doucement la porte…

Quelques jours plus tard, les Gabriel nous conviaient à nouveau — pour déjeuner, cette fois — et là, Moune nous a épatés : il reconnaissait la maison ! Pourtant il ne l'avait vue que de nuit, de façon fugace, à travers les parois de la bulle. Or, dès que j'eus pris le virage pour me garer sur le terre-plein, il sauta sur la lunette arrière, se tordit le cou dans tous les sens pour bien identifier les lieux, huma l'air ambiant et miaula énergiquement son approbation. Il se souvenait du bon lit bis de papa-maman, du blanc de poulet dont tante Janou l'avait régalé, de la mégère dont les humeurs peccantes le faisaient rigoler, de Nénelle qu'il avait trouvé sympa (car ce chat aime les chiens), et de ce jardin, entrevu d'un rebord de la fenêtre, et qu'il rêvait d'explorer. Ce matin-là, Madame Poussy, qui coursait des rongeurs au fond du jardin, ne jouait pas les chats de garde et la bonne Nénelle réserva au visiteur un accueil bienveillant. La table était dressée dans la cour qu'ombrageait un mûrier royal. Moune nous y suivit avec empressement, fureteur et pipelette. Il flaira les plantations, pour le cas où il s'en fût trouvé de comestibles, la margelle de la fontaine, les pots de géranium et s'avança, d'un pas circonspect, jusqu'aux lentes marches de pierre qui mènent à la pelouse et, au-delà, au potager. Comme le jardin n'est pas clôturé et qu'une vraie jungle le prolonge jusqu'à la nationale, je stoppai l'explorateur d'un énergique : « Non ! Pas plus loin, Moune ! »

Il revint vers nous et se coucha contre un mur. Docilité feinte et feinte de vieux roublard... Dès qu'il nous voyait absorbés par l'excellence des mets ou la fièvre d'une conversation, il rampait vers l'escalier, avec sa petite idée bien accrochée dans sa petite tête, et descendait doucement, tout doucement, deux, puis trois marches, et une quatrième...

Quelqu'un, finalement, repérait le fuyard et allait le récupérer d'autorité pour le recoller dans notre zone de surveillance. Il s'allongeait, l'air faux cul, baissait à demi le rideau des paupières — juste un regard filtrant qui nous surveillait en loucedoc — et, la minute d'après, il tentait à nouveau sa chance...

Au rôti, Janou, qui a de bons yeux, le découvrit au beau milieu de la pelouse. A son approche, il se roula dans l'herbe fraîche en protestant de ses bonnes intentions : *« C'était juste pour me purger... Quelques brins de cette bonne herbe... »*

A la salade, René s'en fut le pêcher à l'aplomb du muret.

Au dessert, Catherine se leva d'un bond et courut jusqu'au potager. Il faisait semblant de dormir entre deux laitues.

«Je vais le boucler dans la maison», nous annonça-t-elle.

C'était la seule chose à faire.

Chez nous, là-haut, c'était à peu près le même cinéma... Moune avait très vite réalisé qu'ici, en pleine cambrousse — de surcroît *terra incognita* —, la liberté surveillée serait la règle. J'avais, dans les tout débuts, plaidé pour un statut plus libéral :

« D'abord, les chats ne se perdent jamais. Et souviens-toi aussi de ce que nous ont dit les gens qui ont l'expérience : trois jours dans la maison, ça suffit pour qu'il l'adopte, l'apprécie et la retrouve.

— Moi je ne prends pas le risque, s'obstinait Catherine, butée. Quoi que tu en dises et curieux comme il est, il se paumera à tous les coups. Sans parler des chiens errants... Et des renards... Et de la route en bas... Et des chasseurs... »

Nous étions donc revenus à la case départ — vous vous souvenez ? La discussion à trois sur la question à cent mille francs : on l'emmène ou on le laisse ?...

Le résultat de cette obstination était que nos sorties, avec la Moune, ressemblaient davantage au rallye Paris-Dakar qu'à une bonne promenade hygiénique sous le ciel doux de Haute-Provence... Lorsque l'heure avait sonné d'aérer Monsieur par une petite virée agreste, nous commencions par nous harnacher comme si nous nous apprêtions à traverser l'Amazonie : boots anti-dérapants, chaussettes montantes, gants épais, casquette bien vissée, pantalon à l'épreuve des barbelés et j'en passe, car Dieu sait où ses curiosités risquaient de nous entraîner dès lors qu'il était entendu qu'on le suivrait jusqu'au tréfonds du plus profond des terriers ! A peine dehors, le pensionnaire humait à grands traits l'air parfumé des collines, supputait la direction qu'il allait prendre et brusquement, sans prévenir, il filait droit sur le fourré le plus proche. A partir de cet instant, la course-poursuite commençait. Dans le sillage du fauve, nous foncions dans les halliers, tête baissée, cassant du bois mort, donnant du nez dans les branches basses, butant sur les racines, nous déchirant aux ronces, nous répandant dans les fossés, hagards, essoufflés, apoplectiques, jusqu'à ce que, du fond ombreux d'une laie, nous parvienne le cri angoissé du coéquipier : « Je ne le vois plus ! Tu le vois, toi ?... »

On finissait tout de même par le récupérer, paisiblement assis sur une souche, goguenard et frais comme l'œil. Ou bien l'un de nous le coinçait par miracle au sommet d'un muret de pierres sèches. Ou bien il surgissait devant nous, sur la route, tranquille comme Baptiste, alors que, désespérés, nous remontions chez nous pour alerter les voisins, les gendarmeries environnantes et les sapeurs-pompiers... Sacré Moune ! Il nous en a fait voir, du pays ! Grâce à lui nous avons visité le domaine comme jamais nous n'aurions osé le faire tant les ans et l'oubli ont enchevêtré une végétation prolifique.

Il advenait aussi qu'il se barrât en douce, soit que quelqu'un eût omis de fermer une porte (ce qui arrivait souvent car ouvriers et artisans entraient et sortaient comme dans un moulin), soit qu'il eût avisé une fenêtre opportunément ouverte. Lorsque l'alerte était enfin donnée, nous courions d'abord interviewer les ouvriers du chantier : « Abich, tu ne l'as pas vu filer ? — Moi non. Mais t'as demandé à Mohammed ? — J'ai pas vu la Moune, non, madame Anglade, pas vu du tout. Tu demandes plutôt à Bernard : il est sur le toit. Même que là-haut il voit jusqu'à Cavaillon et encore plus loin... »

Dans ces cas dramatiques, l'expédition se dédoublait : l'un partait à droite et l'autre à gauche. On se rencontrait au milieu, généralement bredouilles. Alors on changeait de côté et en avant pour un second tour dans la broussaille ! Et c'est grand, le Vaucluse !...

Curieusement, on le retrouvait toujours. Je crois que Moune — mais Catherine va encore prétendre que j'affabule —, je crois qu'il s'était fait une idée précise des limites du domaine, en tout cas des distances qu'il pouvait couvrir. Le fait est qu'il n'est jamais sorti hors des frontières dont, cependant, ni clôture ni poste de douane n'interdisent le franchissement. Il s'agissait davantage d'un jeu, entre lui et nous — usant pour nous, marrant pour lui. Vers la fin de notre séjour, d'ailleurs, nous commencions, lui et moi, à en bien connaître les règles...

Le divertissement partait de la terrasse, la plupart du temps. Il me reluquait, vautré dans mon transat, un polar entre les mains, rigolait dans sa moustache et enquillait sans se presser les marches, jonchées de gravats, qui descendaient sur le terrain (on parlera de jardin dans quelques années). Je me levais, sans me presser plus que lui et, de loin, j'observais la direction qu'il prenait. A mon tour et à sa suite, je descendais dans les herbes hautes. Je le repérais assez vite, assis sous un chêne kermès et m'attendant (car où est le jeu si le gendarme, au départ, ne sait pas où est le voleur ?). Je m'approchais d'un pas débonnaire, et il détalait — flèche noire dans les touffes de thym. Je savais où il irait (depuis le temps, pensez !). Comme convenu, je le rejoignais près d'un épais bouquet d'épineux d'où il me narguait, bien à l'abri derrière ses barbelés. Respectueux des règles, j'avançais un bras prudent pour l'alpaguer et il filait comme un dard pour aller se cloquer derrière un gros tronc abattu, jadis, par la foudre et sur lequel je m'asseyais afin de bourrer une pipe de propriétaire. Bien entendu, il avait déjà disparu...

A partir de là, le jeu comportait des variantes : ou bien il s'enfonçait dans le maquis des cystes et des genévriers, ou bien il se planquait dans l'amoncellement des pierres de pays qui, un peu plus loin et sous des mains expertes, s'ordonnaient en murs bien sages, ou encore il dévalait la prairie jusqu'au grand pin solitaire — un choix qui m'agaçait car il m'imposait une bonne petite trotte sous le grand soleil caniculaire.

Catherine appréciait peu nos distractions.

« Un de ces jours il va te semer.

— Ça n'est pas arrivé.

— Touche du bois. »

En fait, la seule vraie peur que nous aient valu ses fugues eut la nuit pour décor… A l'instant de se coucher, Catherine chercha sa bête et ne la trouva point. J'avisai alors la fenêtre de la salle de bains, grande ouverte, et je tendis dans cette direction un index mélodramatique. Cette nuit-là, il tombait des cordes et l'idée d'aller me faire saucer sur des chemins glaiseux ne m'enchantait que médiocrement. Je tentai de raisonner la *mater dolorosa* :

« Tu sais bien qu'il ne reste jamais longtemps dehors, quand il vase… Il va rentrer… Il suffit de laisser ouverte la fenêtre par laquelle il s'est taillé. »

Le propos était à ce point sacrilège que Catherine ne prit même pas la peine d'y répondre. Elle courut chercher une lampe torche, enfila un imperméable à la hâte et bondit sous l'averse, sa loupiote au poing.

Je me tâtais… J'étais en pyjama et savates. Allais-je me rhabiller pour lui prêter main-forte ? Ce serait plus gentil, même si, d'évidence, nous n'avions pas une chance sur mille de retrouver un chat noir dans une nuit noire… En soupirant, je glissai les jambes dans un pantalon approprié mais je n'eus pas à pousser plus loin l'effort : dehors, un cri de triomphe m'annonçait que le petit monstre était maîtrisé. Catherine fit, dans la maison, une entrée digne de Medrano :

« Tu vois, il faut toujours essayer. Il n'était pas loin, du reste. Ma lampe l'a littéralement hypnotisé et je n'ai eu qu'à me baisser... »

L'un dans l'autre, Fontanille lui plaisait bien. Derrière la maison, une prairie en terrasses, semée d'abricotiers étiques, abrite une infinité de bestioles marrantes. C'était son coin préféré. Les sauterelles, en particulier, l'intriguaient. Il les repérait, se mettait à l'affût, tous muscles bandés, mais, à l'instant qu'il bondissait, les petites futées sautaient en l'air, d'un coup de ressort de leurs pattes arrière, pour atterrir hors de sa portée. Ça le fascinait.

Il appréciait aussi les visites des Gabriel. Tantine tirait toujours, de son cabas, une gourmandise. Nelly, agitant frénétiquement son trognon de queue, venait, sous la table, chercher un bisou qui ne lui était pas marchandé. Le déjeuner proposait des raffinements. Tonton René grattait le petit crâne en répétant : « Qu'il est gentil, ce chat ! » On se sentait aimé et admiré. Sympa, non ?

Et cependant, insidieusement, les jours filaient dans le sablier, poussière de petits plaisirs et de grandes découvertes, de petites siestes chaudes et de grandes vadrouilles fraîches… Tout a une fin.

Un matin, les valises grandes ouvertes fleurirent sur le sol, et se coucher dedans ne retarda guère les pénibles échéances…

Quant à nous, la perspective de ce long voyage nous plongeait dans des tourments car nos efforts pour acclimater Moune aux transports automobiles avaient été couronnés d'insuccès…

Dix fois, vingt fois, nous l'avions descendu au village, chez nos amis, sur les petites routes, et le scénario demeurait immuable : dans sa bulle ou sur la banquette arrière, à peine commençait-on à rouler qu'il lâchait toutes les vannes… En bas de la côte, je m'arrêtais, rituellement, pour que maman pût s'employer à réparer les dégâts.

« Je vais t'acheter des Pampers ! » ronchonnait-elle en jetant, dans le fossé, le dernier *France-Soir* transformé en serpillière et le produit, plus consistant, d'une trouille irrépressible. Le reste du voyage se passait en gémissements et jérémiades, si bien que nous n'avions qu'une hâte : arriver.

En fait, il ne supportait la voiture qu'à dix à l'heure, grand maximum. J'avais fait mes calculs : à ce train-là, il fallait compter, pour rallier Paris, trois jours et trois nuits. Un peu longuet, quand même.

En chargeant les bagages — et mes lecteurs savent le soin que j'apporte à cette opération hautement intellectuelle —, je veillais à ménager, au passager, beaucoup d'espace et quelques coins douillets. La bulle, ouverte, offrait ses sécurités ; sur le sol, le bac à sciure proposait les nôtres ; dans le sac réfrigéré, l'eau fraîche attendait les soifs. « Pas de pilule, avait décrété le vétérinaire. Mauvais pour le cœur et, en voyage, le cœur en prend déjà un coup... »

A l'heure du départ, les Gabriel et leur chien montèrent pour nous souhaiter bon voyage. Dressée sur ses pattes arrière, la truffe contre la vitre, Nénelle aboyait à son copain des tendresses qui lui faisaient dresser les oreilles. Les parents s'échangeaient les leurs. Et puis, derrière nous, la maison se fit de plus en plus petite, et au premier virage, elle s'évanouit dans les feuillages.

De ce voyage, nous conservons, Catherine et moi, un souvenir cauchemardesque... Dès l'instant où les roues prirent contact avec la nationale, Moune se mit à gémir de peur... et il ne cessa que rue Villehardouin... (ça fait long !). Sur six cent cinquante kilomètres de route, nous allions tout essayer : la persuasion, le câlin, la grosse voix, les genoux de maman, la bulle, la main sur les yeux, la musique, la petite bouffe, le jeu de « gratti tête », la position couchée, assise, debout... Peine perdue ! Il disait, d'une voix de gorge, sa panique, et rien ni personne ne pouvait l'en distraire. Nous avions vite décidé de faire halte, le plus souvent possible, dans les parkings herbeux qui jalonnent l'A 6. Pour le descendre et le promener, j'avais acheté un collier et une laisse. Nous détestions jusqu'à l'idée de l'attacher, si éloignée de sa personnalité comme de la nature profonde de nos relations. Mais que faire d'autre ?... Pourtant, cette servitude de circonstance n'arrangeait rien : nous avions simplement substitué une contrainte à une frayeur — ou ajouté l'une à l'autre... Sitôt à terre, il mettait toute son énergie à fuir, le plus vite possible, le plus loin possible, la dantesque agitation de l'autoroute, le vacarme des moteurs, le souffle des poids lourds, les vertiges de la vitesse. Comme un forcené il tirait sur la laisse en direction de ce silence et de cette paix verte et bleue sur quoi s'ouvraient là-bas, tout là-bas, des horizons sans hommes ni machines. Mais très vite les barrières de la civilisation mécanique s'interposaient car il ne savait pas, pauvre Moune, il ne pouvait pas savoir que ces parkings trompeurs ne sont que des verrues de l'autoroute, de tout petits espaces artificiellement enclavés, d'hypocrites et chétives concessions aux grands rêves de liberté des prisonniers du béton. On ne sort pas de l'autoroute, Monsieur Moune, qu'est-ce que vous croyez ? Personne ne sort de l'autoroute ! *Verbotten* ! Défense de faire demi-tour, de traverser, défense de s'arrêter pour cueillir des coquelicots, pour oublier le temps. Défense de courir libre, de dormir dans l'herbe, de sauter les grilles, défense, défense, défense... Tellement son contraire !

Ces havres dérisoires, nous les avons tous visités. Sur l'un d'eux, on frôla le drame. Pour tenter de le faire boire, Catherine l'avait mené, tirant ou courant, jusqu'à un large fossé cimenté au fond duquel coulait un ruisseau, volé aux prés voisins et temporairement emprisonné. Que se passa-t-il ? Catherine s'en souvient à peine. Toujours est-il que, soudain, Moune réussit à se désharnacher ; il franchit d'un bond le cours d'eau et se mit à gravir furieusement la pente très abrupte qui, à son sommet, lui donnait la clé des champs. Au cri que poussa Catherine, j'accourus. Mais elle était déjà de l'autre côté, elle aussi, agrippant son chat. Comment avait-elle pu sauter pareille distance ? « Je n'en sais rien moi-même, m'avoua-t-elle. La peur m'a donné des ailes, je présume... » Elle tremblait comme une feuille au vent. Mais si elle n'avait pas réussi à battre, sans témoins, le record du monde féminin de saut en longueur, on ne revoyait plus jamais Moune, de cela nous sommes bien certains...

A la hauteur de Montélimar, Moune entra dans sa bulle sans, pour autant, cesser de gémir un seul instant. Nous pensions qu'il y serait mieux, finalement, qu'il s'y sentirait davantage à l'abri… Nous n'avions pas compris que la bulle était devenue, sous le soleil écrasant de cet après-midi d'été, une serre étouffante. Quand on l'en sortit de force, il haletait de si inquiétante manière que nous décidions aussitôt de quitter l'A6 et d'entrer dans Lyon pour chercher un vétérinaire.

Les rues étroites de la ville drainaient une circulation démente. Comme nous roulions au pas, Moune s'était un peu calmé mais sa respiration demeurait oppressée, gueule ouverte et râle profond… Je n'avais pas le plan de cette cité infernale et, bien entendu, nous nous étions perdus… S'arrêter pour s'informer déclenchait dans notre dos un concert furieux d'avertisseurs.

« Laisse-les aboyer, tempêtait Catherine. La santé de mon chat est plus importante que l'hystérie de ces abrutis ! »

Nous avions fini quand même par dénicher une clinique spécialisée et Catherine, sa bête dans les bras, s'y était précipitée cependant que je cherchais un bout de trottoir où me poser sans déclencher une émeute. Quand je la rejoignis, le vétérinaire avait administré au malade les piqûres qu'imposait ce « coup de chaleur ». « Vous êtes arrivés chez moi à temps », m'assura-t-il gravement. Quant au patient, ragaillardi par le silence et le calme de l'officine, il déambulait sous la table d'opération, flairant d'inévitables odeurs de matou.

« Vous voyez, ça va déjà mieux. Allez donc le reposer une petite heure dans le parc de l'hôtel des Fleurs. C'est à la sortie de Lyon, sur votre route. Je vais vous faire un croquis... »

Nous avions repris la route, mais nous n'avions pas trouvé l'hôtel. D'ailleurs, et dès lors que Moune était à l'abri d'un accident, il nous semblait que le mieux à faire était d'écraser le champignon. (Il ne faisait pas de différence entre le 80 et le 150 à l'heure.)

Minuit n'était pas loin lorsque, enfin, j'enfilai notre bonne petite rue tranquille. A ses odeurs, au profil des toits, ou pour quelque autre mystérieuse raison, Moune la reconnut aussitôt. Il cessa de se lamenter et sauta sur mes épaules. Ce fut Catherine qui l'emporta jusque dans la maison et la porte palière, en se refermant, mit un point final au grand voyage du chat Moune.

Gentleman Moune

« … OÙ S'EST-IL encore fourré ?… »

A l'instant de se mettre au lit et de sonner le couvre-feu, Catherine, comme tous les soirs, cherchait sa bête pour lui faire un dernier bisou et s'assurer que le cher trésor ne manquait de rien. Et, comme tous les soirs ou presque, le cher trésor avait disparu… Oh, pas bien loin, nous le savions ! Je l'avais remonté de sa rue un peu avant minuit ; derrière lui, j'avais bouclé à double tour la porte palière, sorti le petit « en-cas » pour fringales de noctambule, débarrassé la fourrure des mottes de terre, toiles d'araignées et feuilles mortes collectées au gré de déambulations hasardeuses, et abandonné Monseigneur à la recherche, toujours renouvelée, d'une planque pour la nuit. Oui, mais voilà, laquelle ?... Commencerait alors cette quête rituelle et un brin angoissée dont le résultat conditionnait un sommeil sans cauchemars, sitôt assurés qu'il n'avait point élu domicile dans la machine à laver ou la chaudière du chauffage à gaz.

Cette fois, Son Altesse ne s'était pas trop cassé la tête : elle avait décidé de se cloquer à l'intérieur du bahut rustique et c'est l'entrebâillement discret de la porte qui, la trahissant, m'avait mis sur la piste.

« Quelle idée ! s'exclama Catherine. Tu n'es pas bien, là-dedans, le chat ! Il est bourré à craquer, ce bahut !... »

Ce disant, elle ouvrait tout grands les battants et découvrait, à sa grande surprise, une sorte de petite niche aménagée au cœur du foutoir et dotée d'un fort moelleux coussin sur lequel Sa Seigneurie se prélassait. L'œil sévère de ma douce épouse me fit baisser le nez :

« Tu ne crois pas qu'il a assez de plumards dans tous les coins ?... »

Or là, bonnes gens, nous touchons du doigt un phénomène remarquable et majeur : la transformation radicale d'un chat de rue en chat de luxe... Qu'il faille attribuer la métamorphose à l'étonnante faculté d'adaptation du chat Moune ne fait aucun doute. (Au demeurant, cette aptitude est l'une des caractéristiques de l'espèce.) Mais, à ma connaissance, aucun greffier n'a poussé la mutation aussi loin...

Mes lecteurs se souviennent sans doute des conditions dans lesquelles ce vagabond qui, depuis dix ans, arpentait le Marais par canicule ou verglas, décida un beau jour que, l'âge venant, un refuge « 3 étoiles » retarderait le temps des rhumatismes et adoucirait celui des poils blancs et du vague à l'âme. En conséquence de quoi, Moune avait répondu à mes invites et posé chez nous son balluchon.

A ses tout débuts, le comportement du client fut emprunt de discrétion, de tact et d'humilité. Il se faisait câlin, enjôleur, effacé et acceptait avec gratitude n'importe quelle bouffe dans n'importe quelle gamelle. Et puis, insensiblement, il devint plus curieux des recettes, se mit à discuter le menu, fit état de ses goûts et préférences et en vint même, certains jours, à nous envoyer aux pelotes lorsque le steak premier choix de notre boucher avait séjourné plus de quarante-huit heures dans le frigo. Le clodo s'installait à Versailles.

Aujourd'hui — et mes coupables faiblesses aidant —, il en est venu à refuser énergiquement de claper le soir ce qu'il a déjà bâfré le matin. Si je lui ai ouvert, pour le breakfast, une boîte de « rognon-volaille » (de la marque la plus dispendieuse, cela va de soi) et que, pour le dîner, je verse trois cuillerées de la même boîte dans son assiette de Limoges, il ne prend même pas la peine de flairer le brouet : le seul fait qu'il m'ait suffi de soulever le couvercle, au lieu de le découper avec l'engin approprié, l'a instruit de l'affront que je lui faisais. Posé sur sa queue, il me contemple :

« Tu te fous de moi ou quoi ?... Ça, c'était déjà le menu de ce matin !... Tu boufferais des épinards en branches midi et soir, toi ? Ben moi c'est pareil. »

Si je tarde à réagir, il se lève en rouspétant et me conduit jusqu'au tiroir où je range l'ouvre-boîtes, me surveille pendant que je l'extirpe, m'aide à choisir une boîte et, le nez dessus, s'assure que je ne triche pas. Car, pour tout vous avouer, je l'ai possédé pendant quatre jours en faisant tourner ma clé à vide autour d'un

couvercle déjà découpé. Ce foin qu'il a fait quand il s'en est rendu compte !...

Mes trucs, maintenant, ça ne prend plus... Il me reste une ressource, pour éviter le gâchis : finir moi-même les boîtes dont il n'a dégusté que la moitié. (J'ai une préférence pour le « lapin ». Le « foie-volaille », le soir, pèse un peu sur l'estomac et le « foie-poisson » ne m'emballe qu'à moitié...)

Rayon plumard, c'est le même cinéma. Alors que Monsieur le clodo pionçait comme un bienheureux sur un tas de vieux chiffons dans un hangar en ruine, Monsieur le grossium réclame, pour s'assoupir, trois coussins sous le cul, un sous la tête et une couette sur la queue. Pas moins. Il apprécie également le grand châle espagnol de Catherine, mais plié en deux, pour donner de l'épaisseur. Le pied, bien sûr, c'est l'astrakan avec lequel il se confond si bien qu'en l'enfilant sans précautions préalables la propriétaire se mettrait comme un rien un chat autour du cou. Lorsqu'il en prend possession, mieux vaut se résigner et se coller autre chose sur le dos. (Faut jamais laisser traîner ses affaires.)

Cependant — fourrures, châle et coussins —, tout

n'est pas réglé pour autant car Son Excellence aime à varier à l'infini les planques qui abritent ses rêves de ploutocrate. Ce pourquoi je lui ai aménagé douillettement quelques-unes des succursales qu'il fréquente. Ainsi, le visiteur non prévenu découvrira avec étonnement un coussin sur le radiateur qui s'accote à la fenêtre du bureau et d'où la vue plonge sur « le territoire » ; une couverture pliée en quatre à l'intérieur du bahut où je range mon fourbi de photographe ; un oreiller dans la penderie, sous mes falzars ; un vieux carton garni sous la table du salon ; un coin-repos à l'angle du grand canapé, et j'en oublie...

Dans le jardin de nos voisins, c'est tout pareil. Avant, l'herbe grasse lui suffisait. A présent il hypothèque une jarre où prospérait (l'imparfait est de circonstance) un pelargonium peltatum, jadis prospère, et il s'y couche en rond, dans une écume de fleurs et de feuilles. (Quant au pelargonium peltatum, qu'il se démerde.)

Voilà où nous en sommes, bonnes gens. Et ça sert à quoi de renauder, voulez-vous me dire ?...

Les pauvres vieilles pattes...

...« ET je n'aurai même pas le temps de semer mon gazon !... »

Entre deux étages, Hélène Soto, qui me faisait ses adieux, se désolait à la pensée d'abandonner son jardin en ce début de mois d'avril — un moment, justement, où il conviendrait de s'en occuper activement.

« ... Je vais rejoindre mon mari en Espagne et je serai absente un mois et demi. Eh bien, tant pis ! Le gazon, ce sera pour l'année prochaine. J'ai eu trop à faire au dernier moment... »

Jardinier refoulé et serviable de nature, j'avais à lui proposer une solution tissée main.

« Et si vous me laissiez la clé d'en bas ? Je pourrais vous le planter, votre gazon... »

Son visage s'illumina : « Vous feriez ça ? Ah que vous êtes gentil ! Je remonte chercher la clé... »

Et c'est ainsi que par la grâce du calendrier trop serré de notre bonne voisine, je me trouvai promu « jardinier par intérim » et doté, du fait de ces nobles fonctions, du sésame qui m'ouvrait l'accès de l'oasis la plus enviée de l'arrondissement.

Un qui allait en tomber sur le derrière, c'était Monsieur Moune, roi solitaire de ce bucolique eden où il ne m'avait jamais vu gambader et qu'habitaient de très rares présences depuis que les enfants Soto, la maturité aidant, s'étaient égaillés dans la nature. Toujours à l'affût d'observations croustillantes, bonnes à alimenter mes chroniques mounesques, je me promettais de soigner mes effets et de flanquer à Moune le choc de sa vie. C'est pourquoi je ne l'informai de rien et remis la surprise au lendemain matin.

Par chance, il faisait un temps de rêve, très chaud pour la saison, et qui déchaînait, dans les bourgeons, l'excitation des piafs. Moune l'avait, bien entendu, remarqué si bien que, à peine expédié le petit brunch qui lui cale l'estomac jusqu'au soir, il me réclama son billet de sortie sur un ton qui n'admettait pas la réplique. Je me hâtai de descendre jusqu'au palier du premier étage, celui-là même qui, à hauteur du balcon-jardin de nos amis Soto, propose la fenêtre à barreaux par laquelle il se glisse dans son paradis personnel. Derrière lui, je repoussai les deux battants en rigolant dans ma barbe. Prestement et ma clé en main, je déboulai vers le rez-de-chaussée, me glissai par la porte qui commande à la fois l'accès aux caves et au jardin et fis, sur la pelouse inondée de soleil, mes premiers pas d'artiste...

Moune s'était infiltré dans son buisson favori, tout contre le mur du fond, mais, pour autant, rien ne lui échappait de la vie secrète et mystérieuse du jardin. Il m'aperçut donc aussitôt, bondit dans ma direction, s'immobilisa à mes pieds et leva vers moi un regard stupéfait :

« *Ben ça, alors !... Comment que t'as fait pour passer entre les barreaux ?... Ah, ce que je suis content de te voir !... Ici, c'est épatant, tu vas voir, sauf que, quèque fois, je me sens un peu seulâbre. Alors, un peu de compagnie… Ah, je suis content !… »*

Et il se roula dans l'herbe en poussant des glapissements d'allégresse. Je lui grattai l'estomac et il me pédala sur la main ; je lui ébouriffai le crâne et il me mordilla les doigts ; je lui tirai la queue et il m'expédia une mandale — la fête !… Soudain, il sauta sur ses pattes et partit droit devant lui. Tout en foulant les herbes hautes, il jetait, tous les trois pas, un regard en arrière pour s'assurer que je suivais bien. Mais j'étais en phase : il me faisait faire le tour du propriétaire, je savais… Il me conduisit d'abord derrière les peupliers et fit une pause. Le guide expliquait :

« *Ce coin-ci, c'est plein de mulots… Dans les trous du mur, sous les feuilles mortes… Des fois ils sortent leur petite tête et ils me regardent. Moi je bouge pas, tu penses ! Au début, ils finissaient par croire que j'étais un chat de porcelaine, une espèce de décoration, pour faire joli… Maintenant ils se méfient. Je leur ferais pas de mal mais ils le savent pas… Croient que j'ai la dent… Veulent pas jouer, quoi…* »

De là on passa aux fougères dont les palmes dansent si gaiement quand on joue du tambour dessus, avec la patte ; au jeune marronnier sur lequel, dressé de toute sa hauteur, on se fait les griffes ; aux rosiers grimpants dont les fleurs embaument l'air avant de se pâmer et de tomber en pluie... Il me fit voir ses caches préférées : le massif de romarin, les thuyas touffus, la grande jarre de terre cuite d'où Hélène Soto, l'innocente, espérait tirer l'estragon et la ciboulette de ses salades... Tout fier, la Moune, de son domaine aux multiples séductions...

Je l'en complimentai chaleureusement mais, comme j'avais à faire, je le priai de m'excuser et je repris mon chemin en sens inverse. Il me fila le train.

«*Je voudrais connaître ton truc...*

— C'est tout simple. J'ouvre cette porte. Derrière et à gauche, l'escalier de la cave ; devant, le hall d'entrée !

—*Je m'en doutais, je m'en doutais... Pourquoi tu m'ouvrais pas, alors, quand j'essayais, moi, avec ma patte*?

— Parce que je n'avais pas encore la clé, petit futé.

— *D'accord. Puisqu'on est là, je vais faire une petite virée dans le quartier.* »

Docile, je lui ouvris le portail. Moi, je remontai reprendre mon labeur interrompu.

Vers la fin de la matinée, la consultation d'un dictionnaire m'amena près d'une fenêtre « côté jardin » et, pour l'inépuisable bonheur du regard, j'y jetai un œil... Dieu me pardonne, Monsieur Moune sur le gazon !... Une fois, déjà, il m'avait fait le coup mais, à l'époque, les travaux battaient leur plein à côté, et ce don d'ubiquité n'avait pas tenu longtemps devant la découverte de l'énorme tas de sable affleurant la crête du mur mitoyen. Pas compliqué, par conséquent, de l'escalader, peinard, pour se laisser tomber chez nous. Rien de pareil, aujourd'hui, et les trois mètres de hauteur du mur défient le plus doué des acrobates...

Je n'aime pas les mystères douteux et celui-ci, à priori, bannissait les interventions surnaturelles, la paire d'ailes qui vous poussent sur le dos subitement et le record du monde de saut, départ arrêté. Je redescendis donc dans le jardin où l'estivant me réserva un accueil innocent et chaleureux. Je le saisis d'autorité, traversai le hall en le tenant solidement dans mes bras et le déposai sur le trottoir en dépit de ses protestations. Comme rien ne l'irrite autant que les choix imposés qui ne sont pas les siens, je savais qu'il n'aurait qu'une idée : revenir à l'endroit précis où je l'avais kidnappé.

De mon côté, je remontai me poster derrière ma vitre, attentif et la plume en main.

Ce ne fut pas long. Je vis bientôt une forme noire se couler dans le jardin voisin, s'approcher d'un jeune platane, jauger l'effort, escalader le tronc en tirant sur tous les muscles, s'aventurer, en équilibriste consommé, sur une branche correctement orientée et marquer un temps d'arrêt lorsque la branche, devenue rameau, se mit à osciller dangereusement sous le poids. La forme noire se ramassa, trémoussa du croupion et hop ! d'un bond formidable sur le faîte du mur ! Une rumeur de feuilles froissées m'instruisit de ce que la forme noire déboulait à présent dans l'épaisseur du lierre, jusqu'aux fougères d'en bas, et Monsieur Moune fit une apparition glorieuse et modeste dans les pâquerettes de la pelouse. Ah, le bougre !

Le soir, à l'heure de la graille, j'allai le chercher, comme à l'accoutumée, alerté — comme à l'accoutumée — par une voix sans visage qui me confiait, dans l'interphone :

« Je crois que Moune veut rentrer, monsieur... »

Au pied de l'escalier, il tourna vers moi un regard

suppliant, ponctué d'un gémissement à fendre l'âme :

« *Porte-moi, s'il te plaît... Mes pauvres vieilles pattes, tu comprends...* »

Je le pris de haut.

« Tu te fous de moi, la Moune ? Je les ai vues à l'œuvre ce matin, tes pauvres vieilles pattes... Tu ne t'en doutais pas, hein ? Et je trouve qu'elles se débrouillent encore très bien, tes pauvres vieilles pattes !... Allez, monte devant, feignant !... *Commediante* ! *Tragediante* !... »

Il n'insista pas et fut devant la porte avant moi. Penaud, me sembla-t-il.

Julie

CATHERINE posa son tricot sur la table basse, passa une main tendre sur le crâne de son chat et me fixa d'un air de reproche.

« Je suis sûre qu'il s'ennuie... »

Je m'esclaffai :

« Lui ? Mais c'est le chat le plus libre du royaume ! Il me fait descendre deux étages dix fois par jour pour aller rigoler avec ses copains clodos ou asticoter les clebs des voisins, il m'oblige à jouer à la baballe tous les soirs, il...

— Non, dit Catherine avec, dans la voix, les inflexions d'une infinie patience, non, pas lorsqu'il est avec nous, bien sûr, mais quand nous allons passer le week-end chez des amis, par exemple, ou que nous partons en voyage...

— D'accord... Et qu'est-ce que tu proposes ?

— Il faut lui donner un petit compagnon... Ou une petite compagne.

— Il la bouffera toute crue !

— On peut essayer, quand même ? »

J'étais fatigué, j'avais sommeil, je me laissai faire.

D'ailleurs, j'y pensais souvent, moi aussi, aux solitudes de la Moune... Pas marrantes, pour un chat de rue, ces interminables journées, cloîtré dans l'appartement silencieux et vide, même si Hélène, qui l'adore, venait le matin, en supplément, pour le chouchouter et « jouer à la baballe »... Allons, la cause était entendue : Moune aurait de la compagnie !

Le tout était de trouver l'oiseau rare car Catherine, venue aux chats par un chat noir, ne voulait plus que du « chat noir » ; femelle, réflexion faite ; tout bébé pour qu'elle s'acclimate sans problèmes ; avec de beaux yeux, s'il vous plaît, et de la tendresse à revendre.

Elle demanda conseil à notre amie Stella Barral,

laquelle nous orienta sur une certaine Mme Leprince qui détenait sûrement l'article en magasin.

Mme Leprince se vouait corps et âme au sauvetage des greffiers paumés de Boulogne-Billancourt — et Dieu sait que l'espèce y abonde ! — et elle y consacrait tout son temps et tout son argent. Les malades, elle les prenait chez elle, le temps de leur refaire une santé ; les affamés, elle les nourrissait dans une arrière-cour où les abonnés de son « S.O.S. chats en détresse » rappliquaient en meute pour avaler gloutonnement la ration de la survie. Une sainte. (Nul doute qu'à son heure dernière, le Père, tout là-haut, ne la prenne à sa droite, avec plein de matous sur leurs genoux à tous les deux. En tout cas, moi, je vois le paradis comme ça.)

Nanti de ces informations qui nous mettaient la larme à l'œil, je pris contact avec Mme Leprince. Hélas non !... La tribu ne comportait, présentement, aucun spécimen répondant à la définition mais elle me promettait d'ouvrir l'œil. En attendant, est-ce qu'une adorable petite rouquine ?... La mort dans l'âme, je déclinai la proposition car je savais Catherine accrochée à son idée de chaton noir, comme une chèvre à son piquet...

Trois semaines plus tard, Mme Leprince m'alerta. Miraculeusement elle venait de « rentrer » la perle rare : un bébé de quelques semaines, ébène du museau au bout de la queue, mignonne à croquer et délurée en diable. Je ne fis qu'un bond de mon pyjama à ma voiture et, peu après, je stoppai devant le 8, rue Edouard-Detailles, à Boulogne (ne vous privez surtout pas de contribuer à cette bonne œuvre, qui en vaut bien d'autres !) dans un crissement de pneus qui fit déguerpir, dans l'affolement le plus complet, un chartreux mâtiné de siamois et deux européens cent pour cent « gouttière ».

Mme Leprince m'attendait. Présentations faites, elle ouvrit avec précaution la porte de la salle à manger et la referma aussitôt derrière nous.

« Il ne faut pas que Bibiche aille coller ses microbes à Julien... Oh mon Dieu !... (elle claqua à la hâte la porte de la cuisine)... ni que Julien aille se battre avec Choupette... Mais asseyez-vous, cher monsieur, je vais chercher la petite... »

La « petite » dormait sur le lit, dans la chambre à coucher, et Mme Leprince s'en fut l'y pêcher.

Quelle petite merveille! Elle tenait presque tout entière dans la main de sa maman adoptive et, au premier coup d'œil, j'en tombai raide amoureux.

« Avez-vous quelque chose pour la transporter ? »

Oui, j'avais, dans ma voiture, un carton garni de coussins douillets.

« Très bien, dit Mme Leprince. Eh bien, adieu, ma poupée... »

Et elle embrassa le chaton entre les oreilles, plusieurs fois. (Dans ses yeux à elle, je voyais bien que les larmes n'étaient pas loin...)

« On s'attache si vite, que voulez-vous... »

Je la remerciai, l'obligeai à accepter ma quote-part des frais de cantine de la tribu et j'allai poser la petite chose dans son carton. Elle y disparut comme une aiguille dans une botte de foin mais, lorsque la voiture se mit en route, des gémissements à fendre l'âme envahirent l'habitacle. D'évidence la petite chose paniquait... J'avais hâte d'arriver.

Enfin à destination, je la montai quatre à quatre.

La rencontre avec Moune se fit dans la cuisine... J'extirpai la loupiote de son carton et la présentai, le cœur battant, à Monseigneur. Il s'approcha, la truffe renifleuse, mais sans agressivité apparente.

« *Dieu me pardonne ! D'où sort ce petit machin-là ?...* »

Confronté au monstre, le chaton arqua le dos en demi-cercle, ouvrit une petite gueule rose garnie de dents de lait et cracha avec toute la vigueur dont il était capable. Moune prit la chose très mal.

« *Elle est raide, celle-là ! J'y disais rien, moi ! Et pourtant j'aurais pu : je suis chez moi ! Si c'est comme ça, ma vieille, va te chercher une autre planque. Allez, du vent !* »

Je soulevai bébé chat et je soupirai à l'adresse de Catherine :

« C'est plutôt mal barré !...

— Ça s'arrangera, affirma-t-elle, j'en suis sûre. Il faut qu'ils fassent connaissance... »

Pour l'heure, et afin d'éviter un éventuel carnage, j'allai planquer Mademoiselle dans notre chambre et je l'y bouclai, avec Catherine dedans, bisouillante et pâmée...

Il fallait maintenant baptiser notre tigresse en herbe.

« On l'appellera Julie, décréta Catherine qui a du goût pour les prénoms rétro. Ainsi donc Julie fit céans une entrée tumultueuse et contestée, ce qui ne parut pas l'émouvoir le moins du monde. En attendant un hypothétique armistice, il fallut décider que le champ de bataille serait découpé en deux secteurs fortifiés : la chambre, la salle de bains et la penderie, dévolues à Julie ; le salon, le bureau et la cuisine attribués à Moune. Le couloir constituerait un sas frontalier hermétiquement clos.

Vanitas vanitatum, et omnia vanitas...

Il ne fallut à Julie qu'un petit quart d'heure pour opérer une sortie subreptice et porter les hostilités dans le camp adverse... En l'occurrence, la provocation était de taille : ayant repéré, dans un coin de la cuisine, le bac à sciure de Monseigneur, Julie en avait aussitôt pressenti la destination et s'était empressée d'y officier dans les règles...

La colère de Moune ne connut plus de bornes.

« *Non mais ça va, la tête ? La voilà qui pisse dans mon machin, à c'te heure ! Attends un peu...* »

Catherine, prestement, mit Julie à l'abri des fureurs mounesques. Reconduite chez elle *manu militari*, Julie se lança dans un rodéo insensé pour fêter sa victoire.

Elle semblait déjà connaître toutes les caches de son domaine et, comme nous cherchions à intercepter cette petite flèche noire qui zébrait les lieux, elle courut se réfugier dans le sac à linge de la penderie et elle finit par s'y endormir, épuisée.

Dans les jours qui suivirent, Julie nous livra sans retenue toute la gamme de ses talents. Dotée d'une personnalité fracassante, elle se révélait malicieuse, roublarde, futée, tyrannique, primesautière et, pour tout dire, marrante à souhait. Las, entre Moune et elle, les relations ne s'amélioraient pas... Quand par la faute d'une porte mal fermée les deux bêtes se rencontraient, on avait droit à un festival de crachements haineux et de miaulements rageurs à vous hérisser la perruque... Ça s'arrangeait même de moins en moins, nonobstant les espoirs démesurés de Catherine...

Nous avions très vite compris que Moune ne ferait aucun mal à Julie dont il avait jaugé l'infantile fragilité, mais on le sentait de plus en plus malheureux. Et, un certain soir, il jugea que la coupe était pleine... : entrant « chez lui », dans la cuisine, il surprit la luronne

becquetant froidement son petit souper à lui, dans sa soucoupe à lui ! Navré, il contempla le spectacle, fit demi-tour et alla se coucher sur un divan. Catherine l'avait suivi.

« Philippe, viens voir ! Il pleure !... »

C'était vrai ! Il pleurait... Des gémissements de gorge qui nous fendaient l'âme, des spasmes qui le secouaient de la tête aux pattes, et cette façon de me retenir la main avec les griffes... :

« *Faites quelque chose ! Je ne veux plus la voir... C'est chez moi, ici, vous le savez bien ? Je n'avais jamais eu de vraie maison, avant, et c'est vous qui m'avez dit : Viens avec nous, chat de rue, tu n'auras plus jamais froid, ni plus jamais faim, ni plus jamais soif... Vous vous souvenez ?...* »

On se souvenait, et ma décision fut vite prise : nous ne pouvions pas garder Julie... Catherine tenta, sans beaucoup de conviction, de plaider la cause de la petite.

« Tu ne crois pas qu'à la longue ?... »

Non, nous n'avions pas le droit de faire ça à la Moune, notre vieux chat de rue qui nous avait crus, qui nous avait fait confiance et qui, maintenant, pleurait.

sur ma main... Encore fallait-il trouver à Julie un foyer capable de la rendre heureuse...

La réponse à nos nouvelles angoisses nous fut donnée par notre ami Guy Béart lequel, dînant chez nous, tomba en extase devant la petite Julie. Je tentai le tout pour le tout :

« Pourrais-tu la prendre ?

— Mais oui, répondit-il sans hésiter, pas de problèmes. Tu connais ma maison et mon jardin. Il y a de la place ! »

Rendez-vous fut donc pris pour aller lui porter l'intruse et, dès cet instant, le chagrin nous envahit : nous avions redouté de perdre Moune ; nous souffrions à l'idée de perdre Julie...

La veille du jour fixé pour le transfert, Moune, descendu se promener dans sa rue, comme tous les soirs, refusa obstinément de remonter. Vers minuit, je partis à sa recherche, le découvris dans un recoin de la porte cochère, l'empoignai d'autorité et le rentrai dans le hall de notre immeuble en le tenant bien serré car il se débattait furieusement. Arrivé au palier du second étage, il sauta au sol, grimpa d'une traite jusqu'au quatrième où habitent nos amis Batard (qui sont aussi les siens) et s'installa devant leur seuil. J'en eus froid dans le dos... Un jour de plus avec Julie et, sûr et certain, Moune disparaissait de chez nous, comme il l'avait fait jadis en de semblables circonstances qui nous avaient été contées.

Le lendemain matin, j'entourai le départ de Julie d'une mise en scène spectaculaire à laquelle j'obligeai Moune à assister. Il la vit prendre place dans son panier, il me vit endosser mon manteau, il nous vit descendre, l'un portant l'autre, et Catherine, derrière moi, se prodigua en mots d'amour et serments de fidélité.

On le tint enfermé ce jour-là, par prudence, ce qui lui convenait pour une fois, car il passa son temps à inspecter l'appartement de fond en comble pour le cas où la petite diablesse se serait faufilée, en catimini, par une fenêtre ou une cheminée, allez savoir... Rassuré par son exploration, il s'endormit d'un sommeil sans cauchemars.

Et tout rentra dans l'ordre.

Julie est heureuse, chez notre ami Guy Béart.

Nous la voyons de temps en temps. Elle ne nous reconnaît pas mais sa joie de vivre est si éclatante que nous ne regrettons rien.

Enfin… presque rien.

Totor et Corentin

MOUNE, va me chercher mes pantoufles ! »
Catherine s'esclaffe :
« Tu le prends pour Totor !... »

Totor... Toute l'histoire, d'un coup, me revenait en mémoire... Une belle histoire, d'ailleurs... Je vous la raconte ?

A six lieues de Gordes, se niche, dans les collines du Vaucluse, un village que ne hantent guère les touristes chronométrés des circuits d'agence. Des ruelles ombreuses convergent en étoile vers l'église romane que somme un clocheton en dentelle. Autour de la placette aux platanes opulents, les petits commerces se serrent frileusement les uns contre les autres et drainent le chétif va-et-vient des gens du pays. Sur les bancs de pierre, à l'abri du mistral, les vieux fument leur pipe et se racontent leur jeunesse. Il m'a inspiré, ce village, lorsque j'écrivais *Si vous passez par Meillanne.* Et comme je le visitais assidûment, la faveur me fut donnée d'en découvrir les habitants et, tout particulièrement, un certain Corentin...

Le père Corentin avait échoué ici, par hasard, un demi-siècle plus tôt. Menuisier de son état, il y avait trouvé bon motif à jouer de la varlope et du bouvet. Poète à ses heures, il y découvrait aussi matière à rêver. Veuf et sans descendance, il tirait, de ces paisibles horizons, la sérénité qui le fuyait à Ploaré, son village natal. Car Corentin était breton bretonnant et s'appelait, en fait, Yves Bénézec. Qui l'avait affublé de ce surnom de Corentin ? Un loustic, sans doute, que la lecture des aventures de Bécassine avait davantage marqué que les manuels de géographie. Au demeurant, Corentin s'en accommodait fort bien et il n'évoquait son cher Finistère qu'à la deuxième bouteille de luberon, pour peu, bien sûr, que le commensal, par sa mine et son comportement, prêtât à la confidence.

Si le père Corentin semblait n'avoir point d'âge, Victor, son chat, défiait tout autant les supputations, qu'il s'agisse du pedigree ou du poids des ans. Grand et costaud, vêtu uniformément d'un poil gris un peu rêche sous la main, l'œil vif et malin, une démarche onctueuse de chanoine, Totor copinait facilement avec ceux et celles dont il flairait à coup sûr les bonnes intentions. Lorsqu'il m'arrivait de descendre jusqu'au fond du vallon boisé où Corentin faisait, par tous les temps, fumer sa chaumière, avec, dans l'idée, une paire de chopines à assécher en plaisante compagnie, Totor venait m'attendre au débouché du village, bien avant que j'eusse mis le pied sur la première des longues marches que proposait, au promeneur, la venelle des Pèlerins. Tout en bas, à hauteur du dernier mur en pierres sèches, Totor me regardait venir, prévenu par ce sixième sens qui m'a toujours rempli d'un ébahissement un peu angoissé. On se disait bonjour et il me précédait, la queue en chandelle, jusqu'au logis paternel.

J'y trouvais parfois le père Mathias, l'unique voisin, déjà attablé avec son compère. Les deux vieux s'adoraient mais ils se chamaillaient sans reprendre haleine tout le temps que duraient leurs rencontres. Ils se chamaillaient à propos de tout et de rien : la politique, bien sûr, la religion à l'occasion, les charmes comparés de l'Armor et de la Haute-Provence, le temps qu'il va faire, l'apparition des premières cerises ou la vertu de Rosalie Coustenoble. En fait, se chamailler était leur vrai plaisir, sans compter que gueuler, ça donne soif et que, pour la soif, rien ne vaut une bonne lampée. Tout le monde vous le dira.

Une fois par semaine, Corentin montait au village, ses paniers à bout de bras, et faisait les emplettes de la semaine. Totor l'accompagnait, évidemment, et, dans chaque boutique, d'affectueuses interjections saluaient leur arrivée. Vers midi, leurs cabas remplis ras bord, ils gouvernaient droit sur le Café de la Place et s'y échouaient pour refaire le plein de carburant. Corentin s'offrait le pastis des grandes occasions et

Totor se voyait rituellement gratifié d'une petite friture d'éperlans car, tous les vendredis, le poissonnier de la ville apportait au village des odeurs de marée qui réjouissaient les narines du Breton. Après quoi, les deux compères prenaient le chemin du retour et on ne les revoyait plus jusqu'au vendredi suivant.

Un soir de novembre, le père Mathias s'éteignit doucement en lâchant, avec le dernier souffle, une bordée d'injures à l'adresse de son vieux camarade qui, penché sur lui, l'âme chavirée, lui caressait les mains. Au matin, Corentin et Victor montèrent jusqu'à la mairie pour déclarer le décès et préparer les obsèques.

« Victor m'a semblé aussi déprimé que le père Corentin », confia Sébastien Cléry, le maire, à son premier adjoint.

Et la vie reprit, un peu plus solitaire, un peu plus recluse, pour les deux amis désormais confinés aux petits travaux du potager, à la cueillette des bolets dans les sous-bois environnants et à la mélancolique contemplation des collines embrumées...

Il semblait que ce deuil eût vieilli de dix ans le père Corentin. Il avait perdu l'appétit, il dormait mal, son humeur s'était assombrie, il ne se rasait que tous les trois jours, il n'entreprenait plus ces longues promenades, dont son chat raffolait, sur la petite route de Reillanne, blanche de poussière. Et, à force de refuser tout effort et toute joie de vivre, vint un jour où ses jambes, elles, refusèrent de le porter... Le bon docteur Duteil s'en fut le visiter. Il lui dit un tas de choses savantes et de petit réconfort, que Corentin ne sut me répéter, et lui laissa une prescription que Corentin fourra, sans la lire, dans le tiroir de sa table de nuit.

Corentin arrivait encore à se traîner jusqu'au potager, mais il n'était plus question pour lui de s'offrir la grimpette au village... Et Mathias n'était plus là pour lui venir en aide.

La première semaine ne fit pas problème. Celle d'après, si. Les placards étaient vides, le garde-manger pleurait famine, les légumes du jardin attendaient le soleil... Restait Victor.

Pour lui faire comprendre que la disette frappait à la porte, Corentin le fit jeûner dès jeudi et, le lendemain, il ouvrit toute grande la fenêtre :

« Va, mon Totor. Va au village leur dire qu'on la

saute... Ils sont braves. Il s'en trouvera bien un pour descendre... »

Victor comprit dans l'instant la mission qui lui était confiée et il s'éloigna d'un bon pas.

Son apparition solitaire dans la boutique de Ventajoul fit sensation car le village commençait à s'inquiéter.

« Il est sûrement arrivé quelque chose, diagnostiqua le boucher. Tiens, Mémène, prépare-moi sa commande habituelle. Je vais passer chez Combastet pour prendre aussi des légumes et quelques bouteilles et je descends lui porter tout ça. Je préviens le docteur en passant, toi, tu sers les clients. »

Ventajoul, les bras chargés, déboula dans la combe et poussa la porte, toujours ouverte, du père Corentin. Il posa ses victuailles sur la table de la cuisine, mit le vin au frais et partit à la recherche de son vieil ami qu'il trouva, couché sur son lit, l'édredon jusqu'aux yeux.

« Eh ben, mon pauvre Corentin, qu'est-ce qui t'arrive ?... Heureusement que t'as un chat qui sait se faire comprendre ! »

Ils devisèrent un long moment, vidèrent une chopinette de blanc pour tuer le ver puis, rassuré quand même, Ventajoul reprit le chemin de sa boutique.

A compter de ce jour, ce fut Victor qui prit en main (en patte, devrais-je dire) les problèmes de ravitaillement.

Chaque vendredi matin (et il ne se trompait jamais de jour), le chat grimpait au village avec, coincé sous un collier de fortune, la liste des commissions. Miaulant sur tous les seuils, d'une voix impérative et sonore, pour s'annoncer et prendre son tour, il débutait sa tournée par le boucher, de là filait chez Combastet, l'épicier, puis chez Binette pour le tabac et le journal local et finissait par Célestine qui vendait, à l'orée de la Route neuve, un pain aux trois farines qui embaumait à dix lieues. S'il avait inscrit Célestine en fin de parcours, c'est qu'elle lui réservait toujours une gâterie de choix : des foies de poulet ou un filet de merlan, voire un restant de daube, et qu'il aimait à prendre son temps pour grailler tout à son aise, sa tâche accomplie. A tour de rôle, l'un des commerçants visités descendait le marché de la famille Corentin, encaissait et redistribuait à chacun selon son dû. Et tout marchait très bien comme ça.

Un après-midi de printemps, et parce que l'air léger, chargé de parfums et bruissant d'abeilles, invitait à la joie, le père Corentin ressentit le besoin d'une visite médicale. La vérité oblige à dire qu'il recherchait davantage une compagnie qu'une consultation, une oreille pour l'écouter, une voix pour lui répondre, une main pour trinquer... Il usa alors d'un stratagème : il se recoucha, une demi-heure après sa sieste, et, les yeux clos, il se mit à gémir à fendre l'âme. Victor avait souvent accompagné Corentin chez le docteur Duteil, pour un bobo, un gros rhume, une indigestion. Il avait donc associé l'adresse du médecin et les jérémiades du client car Corentin, qui n'avait personne pour le plaindre, extériorisait bruyamment les supplices que lui faisait endurer un banal furoncle. Et c'est ainsi que le toubib vit entrer dans son cabinet, en même temps qu'une cliente, ce fameux greffier qu'il connaissait de longue date et qui parfois, en dehors du vendredi, venait faire un tour au village pour s'y faire gratter le crâne et arrondir la panse. Le docteur Cléry expédia rapidement ses malades et, dès qu'il le put, se rendit au chevet de son plus insupportable patient.

Le fait que Corentin se plaignît de maux imaginaires n'entrait pas en ligne de compte : l'important est qu'il se soit prétendu assez mal en point pour déranger le praticien et l'étonnant, le merveilleux, le pas croyable, est que son chat ait compris à quelle porte il fallait, cette fois, frapper.

La nouvelle s'en répandit aussitôt et les bonnes gens se mirent à dévisager Victor avec une considération toute nouvelle. L'amusement fit place au respect et l'attendrissement à une crainte à peine dissimulée car d'aucuns le tenaient pour quelque peu sorcier.

Les sentiments de la communauté se trouvèrent confortés lorsque Victor fit irruption chez Bourdille, le pépiniériste-horticulteur et jardinier local, et lui miaula dans le nez une requête que Bourdille traduisit aussitôt :

« Sûr et certain, on a besoin de moi, en bas... »

Le fait est que le potager, à l'abandon depuis que ses jambes lui discutaient tout service durable, réclamait l'arrosoir, la bêche et le sarcloir... Bourdille retroussa ses manches et s'agita tout l'après-midi. Et, en refermant doucement la porte, il lança un déférent « Bonsoir, messieurs ! » où n'entrait nulle trace de persiflage.

Mais personne ne soupçonna jamais que Victor n'était entré chez Bourdille qu'alléché par le grisant fumet d'un fricot sur le feu...

Et puis voilà qu'un jour, Victor, qui adorait fourrer son museau partout, se glissa dans l'église toute fraîche et, avisant la porte de la sacristie ouverte, y pénétra alors que le curé préparait des cierges neufs pour ses messes.

« Ah, par exemple !... gémit le père Couband, Victor !... Si tu es venu me chercher, c'est sans doute qu'un grand malheur est arrivé ? »

Le curé alerta aussitôt son enfant de chœur le plus proche, réunit à la hâte les instruments de son saint office et, dans un concert de clochettes, il s'en fut administrer les derniers sacrements à un Corentin d'autant plus gaillard qu'il venait d'en éponger une de derrière les fagots avec le cantonnier, venu lui rendre visite.

Très content de trouver son paroissien en si brillante condition mais très fâché aussi d'avoir trimbalé le bon Dieu pour rien, sous un soleil de plomb, le père Couband se laissa aller à exprimer quelques doutes sur les dons de voyance du sieur Victor.

A la suite de quoi, le village se partagea en deux

camps : il y avait ceux qui croyaient, dur comme fer, que Victor, en toutes circonstances, savait ce qu'il faisait, et ceux qui inclinaient à penser qu'il était mû par la force de l'habitude et tirait le plus clair de sa gloire d'heureux concours de circonstances. Dans le camp des croyants, on comptait Ventajoul, Combastet, Bourdille et la Célestine. Les incroyants faisaient bloc derrière Binette, libre penseur notoire qui ne croyait pas davantage à l'âme qu'à l'intelligence des bêtes. Quant aux indécis, ils avaient, pour porte-drapeau, M. le maire, par prudence politique, M. le curé, parce qu'il était enclin au pardon des offenses, et le médecin, parce que sa foi en la science l'amenait à douter parfois de son penchant pour les soucoupes volantes. En faisant le bilan, Victor pouvait compter, sans réserve, sur le steak premier choix, les fruits et légumes, le luberon des familles, la miche de pain, un demi-médecin, la moitié d'un curé et la majorité du conseil municipal. Ce n'était pas si mal que ça et, l'un dans l'autre, on pouvait voir venir...

Un an passa ainsi, dans une paix armée, un an de

palabres enfiévrés et de discussions à n'en plus finir qui, pour bonasses qu'ils fussent, avaient au moins le mérite de renouveler les sujets de conversation. Rentré à Paris, j'avais perdu de vue le père Corentin, son chat et le village, et le reste me fut conté...

Au creux de l'hiver, tout comme son ami Mathias, le père Corentin sentit une nuit les doigts glacés de la mort lui saisir le cou. Il lutta jusqu'au matin, son chat tout contre lui, et expira lorsque les premiers rayons du soleil caressèrent les tuiles roses de son toit.

Victor réussit, on ne sait trop comment, à sortir de la maison et il courut d'une traite jusqu'à la mairie où, jadis, à l'occasion du décès de Mathias, il avait escorté Corentin. A cette heure matinale, il n'y avait encore personne, les portes étaient closes et Totor s'assit sur le seuil pour attendre. Et c'est là que le trouva M. le maire. Lorsque Victor le précéda dans la salle de l'état civil, le brave Sébastien Cléry se sentit très malheureux... Fallait-il faire confiance à Victor et à ses dons et en inférer que Corentin venait de passer de vie à trépas ? Ou fallait-il s'en moquer et risquer bêtement le courroux de la moitié des électeurs si, justement, Victor avait dit vrai ?... Il était très tôt... Personne ne pouvait le voir... On ne risquait pas grand-chose à aller jeter un œil... Il appela Victor et dévala à grandes enjambées la venelle des Pèlerins.

Hé oui, hélas ! Le père Corentin était bien mort et Victor n'avait pas menti. Sébastien Cléry s'en retourna pour annoncer à tous la triste nouvelle et prendre les dispositions d'usage.

La Célestine fut l'une des premières à descendre. Elle caressa longuement Victor, lui parla très tendrement à l'oreille et lui promit de prendre soin de lui. Mais Victor, doucement et fermement, refusa de la suivre et il demeura planté devant le lit où reposait pour toujours son vieil ami. Assis immobile, statue de pierre...

« Je viendrai te chercher demain, mon Totor... »

Mais, le lendemain, Victor avait disparu, et nul ne le revit jamais.

Et moi je l'imaginais, marchant tout seul sur la route de Reillanne, blanche de poussière, marchant, marchant, marchant jusqu'à ce que l'épuisement extrême le conduise enfin aux portes des demeures célestes où Corentin, son ami, l'attendait en tendant les bras...

Marcel, Cui-Cui et Loulou

DU TEMPS de ses solitaires errances, Moune — certains s'en souviennent — s'était attribué d'autorité la rue Villehardouin ou, plus exactement, la portion qui va de la rue Saint-Gilles au grand mur aveugle des Magasins Réunis. Cette centaine de mètres de bitume et de trottoirs constituaient son territoire d'élection et, comme il est d'usage dans la corporation, il en expulsait périodiquement les squatters qui s'étaient mis dans l'idée, pauvres pommes, qu'on pouvait planter sa tente là où Moune avait la sienne. A l'époque, six kilos de muscles durs roulaient sous la fourrure noire (aujourd'hui, ce serait plutôt six kilos de graisse...) et quand Monseigneur marchait sur l'indésirable —

lentement, très lentement —, l'œil fixé sur la ligne bleue des Vosges, les oreilles en lance-missiles et la queue en canon de D.C.A., le plus culotté prenait la tangente sans réclamer le remboursement de la visite.

Les temps ont changé. Monsieur Moune a trouvé un logis à sa convenance et, par conséquent, la rue n'est plus « territoire » mais terrain d'exercice ; le malabar a pris de la bouteille et, par conséquent, les clodos avoisinants se sont enhardis ; le premier occupant est moins souvent là et, par conséquent, la surveillance s'est relâchée. (On voit ça tous les jours, dans nos sociétés d'hommes.) Bon, je ne vous ferai pas un dessin : la rue Villehardouin, à présent, c'est le boxif, le foutoir, la forêt de Bondy, la foire d'empoigne, la rue de Lappe ! Entre qui veut et sort qui veut — l'anarchie, quoi. Il y a encore deux ans, Moune (qui y passe quand même quelques heures par jour) venait agiter ses titres de propriété sous le nez des intrus, et ça suffisait. Aujourd'hui, les républiques de chats du troisième arrondissement se sont passé le mot : « Le matamore perd ses boulons » et ils sont de plus en plus nombreux à venir le narguer dans ce qui fut, jadis, un empire incontesté.

Mon avis personnel est qu'ils en rajoutent, les copains ! Il ne perd pas du tout ses boulons, le gros. Disons, simplement, qu'il est un peu moins rapide qu'avant, et comme rien ne l'agacerait autant que d'avoir le dessous dans un pugilat, il est aussi moins combatif. Normal. Par exemple, escalader le grillage de l'école communale, ça demande du temps. Sauter, de là-haut, sur un rebord de fenêtre, ça réclame réflexion. Se laisser tomber dans les broussailles qui végètent en bas, c'est pas évident. Pas de quoi rire, hein ! On voudrait bien vous y voir...

Tout cela pour expliquer que la présence obstinée de Loulou, dans le secteur, ne nous avait pas étonnés plus que ça, Catherine et moi... D'où venait-elle ? Nul n'en savait rien et nul ne s'en souciait. En fait on ne l'aurait pas distinguée des autres vadrouilleurs qui déambulent de la place des Vosges à la rue de Bretagne sans ce tronçon de queue qui lui donnait des airs de lynx. Qu'elle ait perdu le reste dans une porte cochère ou sous une roue de voiture importait peu, finalement, et elle-même n'en tirait ni complexe, ni sentiment d'infériorité. Tout au contraire, semblait-il. Car à sa façon de répondre, dès la première rencontre, et de venir sans façons se faire gratter la tête comme une vieille connaissance, nous avions déduit qu'elle était causante, bien embouchée et d'un tempérament aimable. (Il ne faudrait pas beaucoup la pousser pour qu'elle nous tutoie familièrement.) Quand il nous arrivait de parler d'elle, à la maison, nous disions : « Queue coupée ». Mais l'attristante connotation de ce sobriquet très « réchappé de Verdun » jurait avec son évidente joie de vivre. On lui avait donc donné un nom, mais comme nous n'avions pas le dessein de l'introduire dans notre familiarité, on ne s'était pas trop cassé la tête : « Loulou » était sorti du chapeau, comme ça, et, réflexion faite, ça lui convenait tout aussi bien que Pomponnette ou Raminagrobis.

Moune, certainement, la connaissait depuis plus longtemps que nous et pour deux raisons majeures : la première est que nous passons relativement peu de temps, Catherine et moi, à traîner dans les caniveaux, nous faufiler entre des barreaux de grilles et ramper sous les bagnoles ; l'autre étant que le jardin intérieur de l'ensemble immobilier qui jouxte notre vieille demeure

est le refuge des greffiers en cavale ou en transit. On y est tranquille, les grilles vous protègent des chiens trop curieux ; les résidents sont de bonne composition ; l'herbe est grasse à souhait... Est-il besoin de préciser que, sitôt les travaux terminés, Moune avait annexé cet espace verdoyant à ses cent mètres de pavé, avec cet appétit des conquêtes qui caractérise la race ? Toutefois, les locataires des studios d'en bas — gens de passage — trimbalaient parfois, dans leurs bagages, un compagnon à quatre pattes dont les droits à la gambade, sur les pelouses, étaient trop évidents pour que Moune les discutât. Il s'était donc raisonnablement attribué l'usage, toutefois exclusif, d'un massif de troènes au sein duquel il disparaissait pour y piquer un roupillon. Comme d'autres avant elle, Loulou avait dû y jeter un œil exploratoire, constater l'occupation en bonne et due forme, et porter plus loin ses curiosités congénitales. C'est en effet sortant du jardin que nous l'avions, la première fois, observée.

J'ai dit ce qu'avait été notre prise de contact avec Mademoiselle Loulou. Quant à ses relations avec Moune, elles résultaient logiquement d'un laxisme dont le gros avait dû faire, bon gré mal gré, sa philosophie. Aussi, et plutôt que prétendre régenter les allées et venues dans son espace vital et risquer que plus frais que lui ne l'expédie sur les roses ou lui rigole au nez, il préférait feindre d'ignorer, quand l'intrus lui semblait teigneux, ou tolérer, quand le comportement pouvait passer pour pacifique.

Mademoiselle Loulou entrait dans la deuxième catégorie. Ils se côtoyaient donc sans drames, bien que la donzelle cherchât parfois à séduire cet énigmatique et peu galant personnage dont elle ignorait, ça crevait les yeux, l'humiliante infirmité.

A peu de temps de là — et je néglige, bien entendu, les passants d'aventure —, un autre individu fit son apparition dans la rue avec l'intention de s'incruster. C'était la première fois qu'il nous était donné de voir un chat laid, mais alors là, franchement laid ! Pour Catherine et pour moi, tous les chats, même crottés, même pouilleux, même bancroches et même sans queue, possèdent, quelque part, une étincelle de beauté : dans le regard ou la démarche, le port de tête ou la fourrure. Chez celui-là, rien. Il était laid de la tête aux pieds : un pelage de rat, gris sale et mité ; un œil chafouin ; des pattes trop courtes qui lui donnaient l'air de ramper constamment et, surtout, des oreilles complètement rabattues sur le sommet du crâne et qui ressemblaient, à s'y méprendre, à une casquette enfoncée jusqu'aux yeux. Vulgaire à ce point, on ne savait pas que cela pouvait exister. Comme il nous rappelait, avec sa casquette, un vieux concierge que nous aimions beaucoup et qui ne quittait la sienne que pour se mettre au lit, il fut, séance tenante, baptisé Marcel et — j'en demande pardon à tous les Marcel qui me font l'honneur de me lire — ça lui allait comme un gant.

Or il apparut très vite que le gars Marcel relevait d'une autre cuvée que la douce Loulou. J'ai, du reste, maintes fois observé que les gens très laids sont souvent aussi très méchants, comme s'ils voulaient se venger sur les autres de leur disgrâce. Sans doute ne l'étaient-ils pas à la naissance mais, faute d'avoir appris ou compris qu'un simple sourire peut rendre très beau un visage très ingrat, ils se sont enfoncés dans la mélancolie jalouse qui fait escorte aux échecs relationnels et, de là, dans la haine dont ils s'imaginent qu'elle leur permettra de mépriser de très haut les jeux de l'amour et de la gloire.

Marcel, d'évidence, n'avait pas consenti le moindre effort pour se faire malgré tout aimer, et ses frustrations se matérialisaient en agressivité à l'égard des matous dotés du charme naturel de l'espèce. Autant dire que, sitôt qu'il vit Moune — lequel est, personne n'en doute, le plus beau chat de la terre —, il le prit en grippe et n'en fit point mystère.

Leur premier tête-à-tête fut tumultueux et seule la taille impressionnante de Monseigneur le retint, ce jour-là, de lui bondir sur le croupion. Pour ce qui concerne Mademoiselle Loulou, sa mauvaise nature lui souffla dans la casquette d'éviter de l'abîmer et, à la première occase, de la passer à la casserole dans un coin bien sombre.

Ces délicates prémices aidant, on n'étonnera personne en révélant que, dans le jardin voisin, le loubard tenta, à diverses reprises, d'expulser Moune de ses troènes. Là, il envoyait le bouchon un peu loin, la bourrique !... Les hurlements qui jaillirent des fourrés mirent aux fenêtres tous les habitants de l'immeuble et les amis de Moune — ils sont nombreux — applaudirent de soulagement lorsque Marcel, vaincu, rampa hors des feuillages, sa queue pelée entre ses pattes cagneuses.

A nous, ces joutes ne plaisaient guère...

« On ne le laissera plus sortir, voilà ! avait même décrété Catherine.

— Impossible... Il va devenir neurasthénique. Et c'est pire qu'un coup de griffe... »

J'avais eu — comme d'habitude, dirait Catherine — le dernier mot, sans être certain d'avoir eu raison...

Sur ce, un troisième quidam surgit un beau soir dans notre champ de vision... En fait, mes oreilles me signalèrent sa présence bien avant que mes yeux ne l'eussent identifié. Alors que je rédigeais un rapport assommant pour l'un de mes clients, j'en avais été subitement distrait par un petit cri d'oiseau qui semblait provenir de la rue. Tiens, m'étais-je dit, un piaf qui est tombé du nid... Je décidai d'aller voir.

En fait de piaf, l'auteur de ces pépiements était un chaton minuscule qui pleurait famine sous une voiture en stationnement. Je tentai de l'approcher mais il recula d'un bond hors de ma portée avec une lueur de panique dans ses grands yeux bleus. Mon bon cœur proverbial fondit comme beurre au feu et je remontai pour lui dénicher de quoi becqueter.

Ma soucoupe à la main, je risquai une nouvelle tentative pour l'apprivoiser mais il s'obstinait à rester au large et, de guerre lasse, je posai le festin sous la Peugeot en priant le ciel pour que le conducteur prît tout son temps avec sa bonne amie. Et j'allai reprendre mon travail. Catherine m'avait rejoint au salon et se cherchait une cassette. Je lui contai l'affaire. Si bien que, le lendemain, ce fut elle qui répondit aux appels à la bouffe de l'Éliacin. Quand elle revint, mission accomplie, elle lui avait trouvé un nom : Cui-Cui.

Cui-cui comprit très vite que les hasards de la vie — à l'occasion miséricordieuse — l'avaient fait atterrir devant chez Paul Bocuse et, de ce jour-là, il se planta chaque soir devant notre portail au huitième coup d'horloge. Loulou la futée eut tôt fait de repérer qu'à cette heure-là, Lucullus dînait chez Lucullus et elle s'associa au minet pour faire la manche, en hypocrite. Je dis « en hypocrite » car nous savions Loulou acceptée chez un couple voisin fort sympathique où elle allait s'arrondir la panse à heures fixes. Mais nous autres, on n'est pas chiens, et puisque, contre toute apparence, elle prétendait la sauter, nous fîmes l'effort de descendre deux gueuletons au lieu d'un (on en a encore les moyens).

Pour avoir commis l'erreur, un dimanche, d'ajouter un brunch au souper, les deux voraces se dirent que le service avait des chances de devenir permanent, pour peu qu'on fît l'effort de se mettre à table à toute heure du jour et de la nuit.

Alerté par le manège, l'affreux Marcel rampait parfois en direction du restaurant, sans trop oser, toutefois, réclamer son couvert. En dépit de ses mauvais penchants, nous l'eussions nourri, lui aussi, si nous n'avions su que sa famille légitime et nourricière résidait rue Saint-Gilles, pas très loin d'ici, et le fait qu'elle le mît dehors, tôt le matin, pour le récupérer tard le soir prouvait simplement qu'il devait être chez lui aussi odieux que dehors.

En attendant, cela commençait à faire beaucoup de monde, du matin au soir, devant la maison, et lorsque je sortais Moune, je le sentais un tantinet agacé. En tout cas, le regard qu'il m'adressait sur le seuil en disait long :

« Ils commencent à me gonfler, tous ces traîne-lattes... On n'est plus chez soi ! Tu verras qu'un de ces quatre, ils vont vouloir entrer dans le hall ! Alors là, je te préviens, ce sera le sprountz, la corrida infernale, le carnage en technicolor !... »

Les craintes de Moune étaient justifiées... Un matin, ouvrant le portail pour accueillir le gros, retour d'un footing matinal, je vis Mademoiselle Loulou le suivre hardiment dans l'immeuble et s'avancer jusqu'au pied de l'escalier. Moune, déjà à mi-étage, la sentit derrière lui. Il fit une brusque volte-face et, lentement, sans la quitter des yeux, il descendit une à une les marches qu'il venait de gravir. La pauvrette s'encagnarda contre la porte de la cave et attendit l'assaut en tremblant de tous ses membres. Partant du principe que les gens et les bêtes doivent régler leurs affaires selon les lois en vigueur dans la communauté, je surveillais d'assez loin les opérations, prêt à intervenir, cependant, si les choses tournaient au vinaigre. Je n'eus pas à le faire. Le mastard s'accroupit à deux mètres de la provocatrice dans la posture du samouraï prêt à bondir, son œil chargé d'éclairs rivé dans l'autre, chargé de peur. Mais Loulou choisit de ne pas attendre la fin du film. Elle bondit soudain à travers les grilles de fer forgé et disparut dans la rue.

«*Je t'avais bien dit!* bougonnait Moune en montant ses étages. *Non mais t'as vu ça? Quel culot!... D'ailleurs c'est ta faute. T'avais bien besoin de laisser le portail ouvert!... On dirait que ça t'amuse...* »

Il n'avait pas tout à fait tort. Au demeurant, où prendrais-je ma matière première si rien d'inhabituel ou de cocasse ne se passait jamais?

Cette algarade ne modifia pourtant pas les relations de Moune avec son entourage félin. Il évoluait dans deux univers distincts : la maison — SA maison! — où nul autre que lui n'entrerait jamais, et la rue où, mon Dieu... Mais plus les circonstances le contraignaient à partager son coin de Paris, plus il manifestait de résolution à défendre le «saint des saints», le dernier bastion.

Dehors, par contre, il s'était fait à l'idée d'avoir deux paumés à ses trousses et un voyou à l'affût. De ma fenêtre — poste d'observation privilégié qui m'a permis de noter, puis de relater pas mal d'histoires croustillantes —, je suivais les manèges avec amusement... Avant de s'éloigner dans une direction quelconque, Moune commençait par reluquer sous les bagnoles pour le cas où l'infernal Marcel se fût tapi à bonne portée (il est en effet spécialiste de l'attaque surprise par-derrière, ce qui le classe définitivement dans la catégorie des malandrins car les chats normaux attaquent toujours de face.) Venue de nulle part, Mademoiselle Loulou surgissait alors. Elle approchait un museau câlin de celui de Moune, pour lui dire bonjour, et — sait-on jamais — peut-être un peu plus. Si elle insistait, Monseigneur lui décochait une petite gifle sans méchanceté, griffes rentrées, qui lui faisait faire un léger bond en arrière, douchait ses ardeurs et ramenait les rapports à ceux de vassal à suzerain.

C'est à ce moment-là que Cui-Cui sortait à son tour de dessous une voiture et allait vers le gros en poussant ses cris d'oiseau.

J'ai l'impression que Cui-Cui-l'orphelin cherchait un père et que, dans l'emploi, Moune lui convenait assez...

Pauvre Cui-Cui !... Il nous faisait pitié... Comment avait-on pu l'abandonner dans ce grand Paris meur-

trier, alors qu'il était à peine sevré ?... On lui avait quand même, me direz-vous, laissé une chance ? Oui, une chance de « boat-people », bien bien légère !... Il avait un appétit féroce et faisait disparaître en un clin d'œil des boîtes entières, comme s'il lui fallait exorciser toutes ces faims dont il avait souffert avant qu'un soir ses cui-cui suppliants ne m'alertent...

Avec lui, Moune était très gentil. Quand je déposais, sous son petit nez, le repas disposé sur un carré de papier alu, il advenait que Moune vînt renifler le menu. Voulait-il vérifier que ce n'était pas son repas à lui qui filait dans l'estomac élastique du boulimique ? Ou bien s'assurait-il que je ne lui balançais pas des rogatons indignes de l'auberge ? En tout cas, il ne toucha jamais à la portion du petit, alors que la mère Loulou, elle, ne se privait pas, si sa gamelle n'était pas à l'appel, de le pousser gentiment du coude pour piquer du museau dans le festin.

Un soir que j'étais descendu pour accompagner mon chat, Lindos, le braque de mon ami Prévost, surgit concomitamment sur le seuil, agité et tout fou comme à son habitude. J'ai dit, dans un livre précédent, comment Lindos et Moune étaient devenus amis. Moune laissa donc son copain le flairer sous la queue (« *Si ça l'amuse...* ») et fit, sur le trottoir, quelques pas indécis. Et je vis alors apparaître, dans les pattes du chien, Loulou et Cui-Cui, parfaitement décontractés, alors que la seule vue d'un clebs, au bout de la rue, les fait l'un et l'autre déguerpir. Qu'en déduire ? A mon avis ceci : ils vouaient à Moune une telle considération et le créditaient de tant de confiance qu'à partir du moment où lui ne manifestait aucune crainte, c'est que tout le monde pouvait y aller gaiement et se frotter au chien sans l'ombre d'un souci. La suite des événements leur fit sûrement regretter la rencontre car Lindos — je l'ignorais — adorait le thon dont je tenais, pour mes affamés, une boîte dans la main ; et, les deux pattes avant sur ma poitrine, il exigea d'y glisser son long museau et me la vida en deux coups de langue. Il ne me restait plus qu'à remonter pour en quérir une autre...

Bref, cette petite vie communautaire semblait s'organiser sans nuages lorsque Loulou — encore elle ! — vint y semer la perturbation. Cette fois, la main de Dieu — ou du diable — fut celle de Catherine qui partait pour le bureau. Elle me fit ses adieux... et Loulou s'engouffra dans l'appartement, comme chez elle. La mâtine avait flairé, sur les marches, la trace de Moune et, derrière SA porte, elle attendait patiemment l'occasion de pénétrer dans les lieux.

Moune dormait sur un canapé et ne la vit pas entrer. Mais quand elle traversa le salon, il sentit son odeur et se dressa sur son séant.

Catherine a toujours rêvé de donner à Moune une petite compagne et, il faut croire, nos déboires avec Julie ne l'en ont pas découragée. Elle suivit donc Loulou dans la cuisine tandis que moi je suivais Moune, lequel, bien réveillé, filait dans le sillage de la donzelle et n'en croyait pas ses yeux. Loulou fit le tour de la pièce, l'inspecta de fond en comble comme un candidat locataire qui visite un appartement vacant cependant que Moune, assis sur sa queue, la regardait faire tout en me lançant des regards obliques :

« Tu vois ce que je vois ?... Dites-moi que je rêve ! Pince-moi, s'il te plaît, je fais sûrement un cauchemar !... Je serais quand même curieux de voir jusqu'où elle va pousser le toupet... C'est intéressant. Ça instruit... »

Loulou, son exploration terminée, mit le cap, sans se presser, vers la chambre, son bout de queue en chandelle, et tout le monde l'y suivit dans un silence, chez les uns circonspect, chez l'autre lourd de menaces. Elle déambula en diagonale, flaira les rideaux, jeta un œil dans un carton vide — abri occasionnel du gros — et, pour finir, elle se glissa sous le paddock. Moune s'approcha :

« Dieu me pardonne, mais c'est qu'elle s'installe ! Elle voudrait peut-être que j'aille lui chercher ses bagages ?... — Il passa sa tête sous le lit. — *Hé, toi là-bas ! Tu te crois à l'hôtel ? »*

Et survint alors l'inadmissible, l'intolérable, le passupportable... Loulou, apercevant la tête du légitime propriétaire, lui cracha dans le nez tout son répertoire !... Catherine agrippa Moune à l'instant que, sous l'affront, il se disposait à bondir. De mon côté, armé d'un balai, je délogeai délicatement l'insolente et la saisis à bras-le-corps. Moune sur mes talons, j'allai la reconduire jusqu'à la porte et la déposai sur le palier.

« Quelle effrontée ! s'exclama Catherine. Je ne trouve pas d'autres mots : c'est une effrontée...

— En attendant, c'est toujours le même scénario...

Nous ne saurons jamais si, oui ou non, Moune eût accepté de la compagnie, étant donné que c'est toujours l'autre qui crache le premier !

— Tu as raison... De toute manière, on n'a pas le droit de risquer de le rendre malheureux. C'est la deuxième expérience que nous faisons, celle-ci involontaire, et je crois bien que c'est la dernière... Mais pourquoi veulent-elles toutes l'expulser ?

— Pour les raisons qui font qu'il préfère, lui, être seul... Ce sont des chats perdus, ou abandonnés. Ils cherchent une bonne maison où s'abriter quand l'hiver viendra, chez des gens qui les aiment. Dehors, il faut qu'ils se battent pour préserver un bout de territoire de chasse, garder pour eux la souris, sauver leur coin de soleil... Ils rêvent confusément de tranquillité, de sécurité, d'un peu de confort et, surtout, d'amour. Retrouver, sous un toit, les dures conditions de la lutte pour la vie, non, ce n'est pas cela qu'ils veulent lorsqu'ils viennent chez nous... »

Loulou n'est plus jamais remontée.

Elle a très bien compris, d'ailleurs, et ne s'aventure même plus dans le hall d'entrée. Elle se trimbale, dans les pas du gros qui ne lui tient pas rigueur de sa tentative d'invasion.

Nous continuons à nourrir Cui-Cui qui grossit à vue d'œil. Il a un peu moins peur de moi et il tolère que je le regarde becqueter, accroupi sur le pas de ma porte. Nous avons bien essayé de le prendre pour le caresser, le cajoler, lui prouver que les hommes n'étaient pas tous aussi méchants... Rien à faire ! Il est durablement traumatisé — probablement par le geste qui l'a jeté, par une vitre baissée, sous les roues d'une autre voiture... Depuis, il a peur de tout et de tous. Un jour, peut-être, trouvera-t-il des gens qui le soustrairont aux autos homicides, aux chiens rogneux, au froid, à la soif, à la faim... Et à l'infinie tristesse d'être un petit chat sans amour...

Déboires de Toutounet et rancunes de Monseigneur

NOS RETOURS de voyage, à Catherine et à moi, sont toujours source d'impatience et d'angoisse. Comment va-t-on le retrouver ? Aura-t-il grossi ou maigri ? Le nez sera-t-il frais ou bien chaud et coulant ? Et le poil ? Bien lisse et brillant ou cranté sur le dos — mauvais présage ?... Va-t-il nous faire la fête ou la gueule ?...

Nous revenions d'Amérique et, dès le survol de Terre-Neuve, Catherine avait commencé de me bassiner avec ses inquiétudes de mère poule. Elle m'en gâchait même la projection du film et le troisième repas du voyage (on n'arrête pas de claper dans les avions).

A Roissy-Charles-de-Gaulle et cependant que nous attendions que la goulotte veuille bien cracher nos bagages, j'en étais à chercher dans mon agenda les indicatifs téléphoniques des sauvetages d'urgence : vétérinaire, police-secours, S.A.M.U., pharmacie de garde, pompiers... Le cirque.

Plus angoissée que cette femme-là, j'attends qu'on m'indique... Je me souviens que le soir de Noël dernier, Moune, en route pour la rue, entendit des voix, de la guitare et des chants chez nos voisins Soto qui avaient bien le droit, je présume, de fêter la Nativité à base de flamenco et d'amis hispanisants. Or Monsieur Moune adore les grandes assemblées qui lui fournissent prétexte à faire la roue (*« Mais oui, c'est bien moi : Moune, le fameux Moune ! »*) et à coucher sur son tableau de chasse quelques conquêtes nouvelles. En conséquence de quoi, et tout à fait décidé à se faufiler dans la place avec le dernier arrivant ou le premier partant, il s'assit résolument sur le seuil de nos amis.

Ça ne faisait pas mon affaire. En me réclamant les issues de la liberté, il m'avait arraché à *La Guerre du feu* que diffusait, cette nuit-là, Canal Plus et j'avais hâte de retrouver au plus tôt ces loubards patibulaires qui furent, nous dit-on, nos peu ragoûtants ancêtres.

« Allez, Moune, sors de là... Jardin ou rue? Décide-toi !

— *Non, je reste là. Je veux aller à la fiesta.*

— Oui, et dans cinq minutes tu viendras gémir devant ma porte, je te connais.

— *Non, je veux aller à la fiesta.*

— Eh bien, reste là, moi je remonte. »

De retour devant ma télé, j'avais informé Catherine des humeurs mounesques et, d'un bond, elle avait sauté sur ses pieds :

« Tu es fou, Philippe ! Il va entrer comme il l'a dit, faire quelques ronds de jambe devant la société, réclamer du foie gras, se frotter aux meubles et, après, se dégoter une planque bien confortable, se faire oublier et, demain, quand les Soto partiront pour l'Espagne ou le Venezuela, il sera de nouveau enfermé ! Comme les autres fois...

— Mais qui te dit que les Soto partent demain pour l'Espagne ou le Venezuela? Ils en reviennent...

— Et le printemps dernier? Tu ne te souviens plus

de ce qui s'est passé, le printemps dernier ?... Non, je vais le chercher ! »

Evidemment, le printemps dernier...

Monsieur Moune n'a qu'un but dans la vie, semble-t-il : repousser toujours plus loin les frontières de son royaume et accroître en proportion le nombre de ses fidèles sujets. Il attend donc avec fébrilité la remontée du thermomètre car il a observé qu'avec les premières chaleurs, les bonnes gens ouvraient plus volontiers volets et croisées, avides de cette tiédeur parfumée qui annonce, dans les villes, les apothéoses du printemps. De ce point de vue, mai et juin lui paraissent hautement propices aux incursions exploratoires suivies, si possible, d'annexions pures et simples. Psychologues et sociologues ont en effet constaté que mai et juin ont été agencés, en France, pour préparer aux grandes vacances les esprits et les corps (s'arrêter complètement de bosser, comme ça, d'un seul coup, ça peut traumatiser) et que cette paire de mois comporte assez de jours fériés, ponts et fêtes carillonnées pour que les travailleurs aient en permanence un pied sur la moquette du

bureau et l'autre dans le sable Trigano. Au printemps dernier, j'en ai fait le compte : mardi 1er mai, fête du travail (pont du 27 avril au 2 mai, ça s'imposait) ; mardi 8 mai, fête de la Victoire (pont du 4 au 9, normal, pas vrai ?) ; 13 mai, fête de Jeanne d'Arc (zut de zut, elle tombe un dimanche !) ; jeudi 31 mai, l'Ascension (pont du 30 mai au 4 juin, faut rattraper le temps perdu) ; dimanche 10 juin, la Pentecôte (comme cette fatalité a des allures de provocation, on décrète le lundi 11 férié. Ouf ! pont du 8 au 12) ; pour la fête de la Sainte Trinité, ceinture : elle tombe aussi un dimanche (mauvaise année...) ; lundi 18 juin, les résistants (c'est-à-dire toute la France, les historiens vous le diront) fêtent l'Appel du général de Gaulle... Bon, je m'arrête là, la cour est pleine... Je m'émerveille, toutefois, de ce que les athées, les libres penseurs et les agnostiques célèbrent religieusement des dates anniversaires auxquelles ils ne devraient, logiquement, prêter nulle attention : Pâques, Noël, l'Ascension, la Pentecôte, l'Assomption, la Toussaint... Je suggère, tant qu'à faire, d'y ajouter le Ramadan, Yom Kippour, Rosh Haschana, Pourim, Hanoucca, l'Independance Day, la victoire de Waterloo et quelques autres car je trouve désobligeant, pour ceux d'entre nous qui pratiquent l'islam ou le judaïsme, tout comme pour nos fidèles alliés, de tenir pour nulles et non avenues leurs fêtes historiques ou religieuses.

Bien, me direz-vous, mais quel rapport a tout ceci avec les visites domiciliaires de Monsieur Moune ?...

Il saute aux yeux. Quand il s'immisce dans un logis où il n'était pas invité, il a de bonnes chances, en mai et juin, de rester bouclé pendant toute la durée d'un pont. Vous saisissez ? Et c'est bien ce qui lui est arrivé la veille de l'Ascension...

Le matin, mon café expédié, je l'avais invité à se chauffer le poil aux rayons d'un soleil inattendu qui nous changeait des averses obstinées. Il avait choisi le jardin des Soto et je l'y abandonnai en toute confiance. Vers sept heures du soir, ne le voyant pas reparaître pour le casse-graine vespéral, je commençai de m'inquiéter. Grâce à la clé qui m'avait été confiée, je passai côté verdure et j'appelai ma bête en battant fourrés et buissons.

Aucune Moune à l'horizon...

J'avisai soudain les volets clos de nos amis partis le matin même pour Madrid... Je sentis une petite sueur froide me picoter la racine des cheveux… J'escaladai quatre à quatre l'escalier à vis de la terrasse et collai mon oreille aux volets. Hé oui, il était là derrière, cet emplâtré !… Me sentant tout proche, il me miaulait des suppliques :

« Ouvre-moi, s'il te plaît… Je la saute !… Et aussi, j'ai envie d'aller quelque part…

— C'est bien de ta faute, sombre idiot ! Combien de fois t'ai-je mis en garde ?… La clé de l'appartement Soto, je ne l'ai pas. Prends ton incarcération en patience, je vais voir ce que je peux faire. »

Je remontai chez moi et convoquai aussitôt Hélène pour une réunion au sommet. (Catherine n'était pas rentrée du bureau : le drame conservait donc des dimensions raisonnables.) D'entrée de jeu, Hélène me rappela que Florence Soto, l'aînée des filles, habitait rue de Turenne, à deux pas. Elle disposait sûrement d'une clé de l'appartement. Providentiellement, j'avais son adresse et l'annuaire me fournit le reste. Je me suspendis derechef au combiné. Pas de chance… Personne !… Elle aussi avait droit au « pont », comme tout le monde…

« Il y a aussi Mme Sempéré, suggéra Hélène. Elle n'est plus au service des Soto mais je crois qu'on lui a laissé une clé, pour le cas où il y aurait quelque chose... J'ai mis son numéro de téléphone dans la boîte en étain, sur la cheminée... Le voilà. »

Je m'emparai du précieux papelard et formai aussitôt le numéro. A l'autre bout, le silence...

Je renouvelai l'appel trois ou quatre fois puis, saisi d'une mystérieuse inspiration, j'allai vérifier les chiffres dans l'annuaire. Epatant ! Hélène, en les notant, en avait compris un de travers...

« Allô, allô ?... Quel bonheur de vous entendre !... — Je me présentai. — ...Moune est enfermé chez les Soto. Auriez-vous la clé ?... Oui ? Dieu vous bénisse ! J'arrive !... Mais non, ne vous dérangez pas... Bon, d'accord. »

Un quart d'heure plus tard, l'exquise Mme Sempéré débouclait la porte palière derrière laquelle le Toutounet se faisait vieux... Enfin, c'est ce que je croyais... Car il émergea sans hâte, comme si tout cela n'était que routine, visions de bipèdes, traintrain quotidien, prit le temps, sur le seuil, de se gratter l'oreille gauche, nous bâilla longuement au nez et, sans le moindre merci, d'un pas de philosophe, il se hissa jusqu'à notre étage.

Je l'aurais pilé...

« ... Encore une chance que je sois arrivée après la bataille, murmura Catherine qui surveillait, d'un œil aigu, la procession des valises sur le tapis roulant. J'y aurais sûrement récolté une bonne poignée de cheveux blancs... Ça y est ! Ils ont paumé la mienne !...

— Mais non, attend ! Tous les bagages n'ont pas été descendus des chariots.

— Ecoute, ça fait quatre fois que je vois passer devant moi cette malle-cabine. C'est pas normal, quand même !

— Tiens, la voilà. Toujours à te mouronner... »

D'un geste vif et précis, je saisis la valise et direction la sortie...

« ... Et naturellement, soliloquait Catherine, à peine serons-nous arrivés qu'il demandera à sortir... »

On pouvait s'y attendre, en effet. Lorsque nous le laissons derrière nous, quelques jours ou quelques semaines, Moune n'est nullement disposé à passer l'éponge, aussi sec, sans rognes rétrospectives ni représailles préalables...

Il était dix-huit heures bien sonnées lorsque je déverrouillai la porte de l'appartement, précautionneusement pour qu'il ne me file pas entre les jambes. Mais rien... Pas trace de Moune derrière l'huis... Je traversai le salon sur la pointe des pieds. Encore rien. Pas la queue d'une Moune dans les lointains... Je pénétrai dans la cuisine... Toujours rien... Ah si ! Il était là, posé sur son cul, très digne, sur le comptoir où il se hisse habituellement pour déguster ses repas...

A notre apparition, il tourna la tête, nous jeta un regard distant et se replongea dans la contemplation d'horizons imaginaires, exactement comme si nous étions un pied de chaise.

Je m'approchai pour l'embrasser. Il détourna la tête avec agacement. Je le caressai... Il se leva en soupirant et alla se coller un mètre plus loin en me tournant le dos. Puis il ouvrit sa petite gueule (tout joyeux, je pensais déjà, bonne pomme, qu'il allait me dire bonjour) et laissa tomber : «*J'la saute ! Donne-moi à bouffer !*»

J'ouvris le frigo avec fébrilité, y dénichai le steak

qu'Hélène y avait placé et le lui coupai aussitôt en petits dés. (Quand on a de vieilles dents, n'est-ce pas...) Il déambula sans se presser jusqu'à la soucoupe, la renifla d'un air dégoûté et s'assit de nouveau, buté !

« Bon, je vois ce que c'est, le chat, tu en as marre de la viande... »

Je pêchai, dans le placard, une boîte de « pâtée fine au canard et au foie », l'ouvris et la versai dans la soucoupe.

Il approcha son museau, flaira son festin préféré comme s'il y découvrait une odeur de poisson pourri, sauta d'un bond en bas du comptoir et me lança pardessus l'épaule :

« *J'veux sortir ! Ouvre !*

— Ah non ! s'indigna Catherine. Il se fout de nous ! Laisse-nous au moins te tripoter !... »

Mais, à son approche, il détala jusqu'à la porte et s'y planta, le nez dessus.

J'avais compris... Avant qu'il ne consente à nous rendre sa tendresse, nous avions à nous faire pardonner de l'avoir abandonné et, circonstance aggravante, cloîtré des journées d'affilée. La petite comédie de la fausse

faim avait une signification bien précise : s'assurer que nous acceptions toujours de subir sans broncher tous ses caprices, nous rappeler qui était le chef dans la baraque, et, d'entrée de jeu, nous remettre au pas cadencé. (Les mamours, on verrait après.)

Aussi, en dépit des protestations de Catherine, peinée et frustrée, j'ouvris la porte à Monseigneur et il dévala d'une traite les escaliers jusqu'à la rue.

Une fois dehors, il renifla l'air de sa rue avec ravissement. Du regard il inspecta les façades, les pavés, la haie de l'école et son grillage, les bagnoles en stationnement, les pigeons prenant leur bain de pieds dans le ruisseau… Rassuré, il détala en direction du « territoire » et s'y enfonça à la quête de quelque intrus empressé à planter son drapeau sur un domaine déserté.

Trente minutes plus tard, et alors que nous achevions de vider la voiture, il refit surface. L'inspection était terminée et, maintenant, il réclamait le jardin. Servilement je le conduisis jusqu'à la fenêtre du premier palier, il bondit chez nos voisins et, la minute d'après, il foulait avec ivresse le gazon gras et moelleux que dorait le jour finissant…

Il était heureux. Visiblement. Complètement.

Au jugé j'estimai qu'une autre demi-heure lui suffirait pour faire le tour des fourrés, flanquer une crise cardiaque aux piafs qui s'étaient habitués à son absence, grattouiller un coin de gravier pour lever enfin la queue dans la nature (grisant, on vous dit) et se taper un peu d'herbe pour la santé.

J'avais calculé juste : à dix-neuf heures et des poussières il se jucha sur le rebord extérieur de la fenêtre et miaula impérativement contre le carreau. Hâtivement j'allai lui ouvrir et, premier signe d'une connivence en passe d'être rétablie, il voulut bien accepter « l'ascenseur Moune ». (Mon cœur tressautait de joie...)

Une fois dans la maison, il courut jusqu'à la cuisine et se jeta goulûment sur ce qu'il avait, une heure plus tôt, boudé.

Discrètement, et pour ne pas donner l'impression que j'abusais d'une situation qui évoluait favorablement, je raflai un journal au vol et j'allai m'asseoir dans le salon.

J'attendais, un peu tendu...

Et puis je le vis s'approcher, à pas lents. Il sauta sur

le canapé, tourna plusieurs fois sur lui-même et se coucha enfin, tout contre moi. Il leva la tête, me regarda tendrement, tendrement, et, très doucement, il posa une patte sur ma main...

Alors je sus qu'il m'avait pardonné.

Gugusse

« DEPUIS L'AURORE, je l'entendais s'égosiller... C'était un chaton, aucun doute là-dessus, je connais trop bien... Les piaillements provenaient d'une remise où la Julie range ses outils de jardinage, au fond de son potager, tout près de chez nous, par conséquent, puisque seul un chemin de terre nous sépare. Mon café avalé, je n'y tenais plus, il fallait que j'aille voir. Julie était encore là, elle m'a renseignée : Oui, c'est un petit chat qu'on a trouvé sur la route. On ne sait pas à qui il est. Comme personne n'en veut, faudra bien le noyer... J'allai à la remise... Dans un coin, au fond d'une petite boîte en carton, un bébé tout noir appelait sa maman et pleurait famine... Je l'ai pris dans mes mains, où il tenait tout entier. Et j'ai su à l'instant même que j'étais foutue... »

C'est ainsi que Négus, dit Gugusse, fit son entrée chez nos vieux amis Francis Claude et Claude Sylvain. Il aurait pu tomber plus mal...

Dans leur propriété de Passy, entre Villebéon et Égreville, Francis et Claude hébergent, depuis des années, un gang de mégères. On y compte d'abord Zouzou, la douairière, qui va sur ses dix-sept ans mais continue à faire la loi au titre d'un matriarcat péremptoire ; puis sa fille Zaza, une bonne grosse, capricieuse à ses heures et attachée à ses privilèges d'héritière en ligne directe ; et enfin Zozo, une marrante plutôt sociable, qui prend la vie du bon côté. Tout ce beau monde accapare les meilleurs fauteuils, se crêpe le chignon, bouffe dans le même plat en se foutant des beignes et, sitôt que le soleil montre le bout de son nez, court bois et champs à la recherche d'une connerie à faire.

Sur ce, un gros chat noir, pelé, crotté, hirsute, a collé un soir son museau sale contre une vitre de la salle de séjour. De nez en patte, il a fini par entrer tout entier, car il avait l'estomac en accordéon, et il n'est plus jamais reparti. On l'a baptisé Zan. (Vous ai-je dit que mes amis étaient dotés d'une imagination débordante ?)

Et maintenant voilà que Négus venait grossir la tribu... Claude se doutait bien que ça n'irait pas tout seul avec les mégères qui n'avaient, à la longue, toléré Zan que parce que ce mâle, taillé en athlète, une fois lavé, brossé, étrillé et mis à l'engrais, avait fini par faire un jules des plus acceptables, n'hésitant pas, pour se faire bien voir, à honorer ces dames dans les règles et à tour de rôle. Mais le petit Négus, lui, n'avait rien d'autre, pour séduire, que sa touchante jeunesse...

Claude rentra donc chez elle par une porte dérobée, fila droit à la chambre où Francis dormait encore, et posa son colis vagissant sur le lit. Francis ouvrit un œil, sourit à sa femme et posa une main douce sur la petite tête. L'affaire était réglée.

Négus demeura cloîtré dans cette chambre un mois durant, jusqu'au sevrage. Il y vivait dans du coton, au propre et au figuré, tétant ses biberons avec gloutonnerie, jouant avec le cordon de tirage des rideaux et roupillant sur la courtepointe à longueur de journée.

C'était l'été, les Claude disposaient de tout leur temps pour chouchouter leur smala, Négus tout particulièrement.

Lorsque vint septembre, sonna aussi l'heure des grandes séparations. Les répétitions d'un *Messieurs les jurés* attendaient Francis, et France-Culture sollicitait Claude. Mais, comme ils passaient à Passy tous les week-ends, hiver comme été, les intersessions seraient de courte durée. Comme à l'accoutumée, les mégères et Zan demeurèrent sur place, libres d'aller où bon leur semblait et nourris le soir par la Julie, pourvue d'une ample provision de boîtes variées — petit supplément aux safaris-cambrousse qui fournissaient le gang en protéines fraîches.

En raison de son jeune âge et de son inexpérience, Négus bénéficia d'un traitement de faveur et, à l'heure du départ, on lui fit une petite place sur la banquette avant, entre papa et maman.

L'appartement du square Mozart recelait mille et une nouveautés plus excitantes les unes que les autres.

Négus, sans perdre un instant, se lança à leur grisante découverte... On y trouvait, notamment, profusion de tapis dont ne s'encombraient pas les carreaux en terre cuite de Passy, et se faufiler dessous constitua bien vite l'un de ses divertissements préférés. Le jour qu'il inaugura la cache, Claude, qui n'avait pas repéré la bosse que faisait son « point noué », buta dessus et s'étala de tout son long, concomitamment avec le service à café en Limoges, les verres de dégustation, un armagnac hors d'âge et quelques autres babioles. Instruite du fait que, désormais, son salon s'apparenterait davantage à un champ fraîchement labouré qu'au havre des repos sans surprises, elle prit l'habitude de le traverser en levant très haut les genoux, à l'instar des grenadiers de la garde, et à regarder attentivement où elle reposait le pied.

Car Negus adorait se planquer, semblable en cela à tous les autres chats, à ce détail près qu'il affectionnait les abris particulièrement insolites — les tapis, on l'a vu — ou totalement inaccessibles au commun des greffiers. Il avait ainsi découvert que certains livres, alignés frontalement sur les rayons de la bibliothèque, étaient moins larges que d'autres et réservaient, entre la tranche et le fond du meuble, un espace suffisant pour s'y camoufler en toute quiétude. Francis le crut perdu ou envolé tout un mercredi, avant de le découvrir par hasard en extrayant, pour y chercher une citation, un livre de la Pléiade.

Dans ce domaine, sa richesse d'invention laissait pantois ses parents nourriciers. Claude le trouva dans une potiche chinoise, au fond du porte-parapluie, à l'intérieur d'une botte de jardin, sous sa lingerie fine... Quant aux casseroles, il les avait toutes essayées... C'est dans la cuisine, du reste, qu'il fit la plus excitante de ses découvertes. Au bas de la hotte et à l'aplomb de la poutre, une rangée d'interrupteurs actionnent l'éclairage des plaques de cuisson, une rampe de néon d'appoint et le système de ventilation. S'étant juché tout là-haut, Négus entreprit de manœuvrer tous les boutons, de la patte ou des dents, et il obtint des résultats qui l'enchantèrent positivement : quand on mettait les boutons en bas, on obtenait la nuit ; quand on les levait, on faisait le jour. (Adam perdit le paradis pour moins que ça.) Marrant, quand même, non ? Mais lorsque, pour la première fois, il mit en marche la soufflerie, le bruit et le tourbillon d'air frais qui en résultèrent lui flanquèrent une telle trouille qu'il sauta sans parachute sur le carrelage et courut se réfugier dans la baignoire.

Il s'y accoutuma très vite, et si l'idée d'une nouvelle bêtise tardait à le visiter, il se rendait dans la cuisine et mettait en marche toutes les aides ménagères de la fée électricité.

Il se passa quelques jours avant que fût éventée l'ultime trouvaille du petit monsieur. Ces quelques jours manquèrent de peu de conduire le couple au divorce car chacun rejetait sur l'autre cet inconsidéré gaspillage :

« Francis ! Qu'est-ce qui t'a pris de mettre en marche le ventilateur ?

— Moi ? Je n'y ai pas touché ! Si tu ne sais plus ce que tu fais...

— Claude ! Tu crois que la note d'électricité n'est pas assez élevée ?

— Moi ? Mais j'ai tout éteint en partant ! Si tu rallumes derrière moi, évidemment... »

Il était inévitable que l'auteur de ces farces douteuses se fit affubler du diminutif que le décrivait sans l'ombre d'une ambiguïté. Et Négus devint Gugusse le jour, précisément, qu'il décida de se cloquer sur la tringle à rideaux de la chambre, au grand dam d'un chintz délicat auquel Claude tenait beaucoup.

Le week-end le ramenait, avec ses parents, au sein du gang où son retour était diversement apprécié. Zouzou, la douairière, demeurait à son égard intraitable. En particulier, le penchant dont témoignait Négus pour l'asticotage subreptice des queues de ces dames frisait l'intolérable familiarité. Il était, une fois pour toutes, l'intrus insinué frauduleusement dans la famille et il en dérangeait la discipline. Zaza avait tendance à réagir comme sa mère, soit qu'elle voulût se faire bien voir de la matrone, soit que l'hérédité l'eût dotée des mêmes réflexes possessifs. Seule Zozo, lorsqu'elle ne risquait pas d'être vue, se laissait aller à jouer avec lui, pas trop longtemps quand même car, flemmarde de nature, elle fatiguait vite. En fait, son ami, son véritable ami, c'était Zan. Partisan déclaré de la loi salique, Zan l'avait pris sous son auguste protection et, parce que noir et mâle comme lui, il l'avait ouvertement institué son légataire universel, y compris dans ses droits prochains à enjamber le harem. Inutile de préciser que cette élection arbitraire mettait les mégères en furie...

A Passy, Gugusse renouvelait son répertoire. Dans la cuisine campagnarde, explorant les étagères supérieures, il avait déniché un trou dans le mur, oublié par le plâtrier, et par lequel il descendait, comme dans une cheminée, jusqu'au placard aux casseroles. Claude s'était cassé la tête tout un après-midi pour tâcher de comprendre comment son chat avait pu actionner une fermeture magnétique sans avoir, préalablement, appris à lire.

Au demeurant, cette fermeture-là eût bien été la seule qui lui résistât... Car il ouvrait les portes, quel qu'en fût le modèle. S'il s'agissait d'un loquet, il sautait dessus, les deux pattes en levier. Celle que Francis coinçait avec un bouchon, car la gâche ne fonctionnait pas, il la poussait pour sortir. Mais, pour rentrer, il la tirait ! Plutôt renversant, pas vrai ? Il avait parfaitement compris que ça marchait dans un sens si l'on était à l'intérieur, et dans l'autre quand on se trouvait dehors...

Son sens de l'observation ne le trouvait jamais en

défaut. Pour observer les petits événements que promenait occasionnellement la route, il écartait, d'une patte délicate, le rideau en crochet. Avant de s'installer sur la tablette du lavabo pour lorgner ses parents faisant toilette, il s'assurait d'abord que son postère s'y trouverait à l'aise. Dans le cas contraire, il éloignait le verre à dents et flanquait par terre tube de dentifrice ou pâte à raser. Et démerdez-vous.

Mais, à Passy, son plus grand bonheur était de se faire véhiculer. Cela avait débuté par un filet à provisions, dans lequel maman le promenait d'une pièce à l'autre cependant que Francis, du fond de son fauteuil, bougonnait :

« Te voilà retombée en enfance, ma pauvre femme... »

Après cela, il y eut la brouette. Ça, c'était superchouette ! Maman sortait l'engin de la remise, on bondissait dedans, on se faisait trimbaler comme un roi fainéant, on sautait en marche, on se re-catapultait à l'intérieur... Des heures, ça pouvait durer...

« Ce qui est remarquable, me disait Claude, un dimanche que nous mettions, allongés dans l'herbe, sur nos pâleurs de citadins un petit hâle de circonstance, ce qui est remarquable, quand je compare son comportement à celui des autres, les campagnardes, c'est que son univers à lui est fait de nos objets. Celui des filles et de Zan, c'est la nature, les arbres qu'ils escaladent à coups de griffes, les plantes qui les purgent, les insectes qu'ils essaient d'attraper, les oiseaux qui leur font lever la tête... Pour Gugusse, le monde n'est peuplé que de poêles à frire, de soupières anciennes, de bouquins bien rangés, d'interrupteurs, de vases à fleurs et de bassines à confiture... Et puis c'est un chat noir. Tu connais... Ils sont vraiment très différents. En plus, ce petit bonhomme est tellement tendre !... Le matin, il vient nous faire un petit baiser, pour nous dire bonjour... Il a des accès d'amour qui nous bouleversent...

— Il aime davantage donner que recevoir, dit Francis. Celui-là, il sera toujours unique... U-nique ! »

Le vendredi qui suivit, Julie, qui tient la maison en état, les attendait sur le seuil, ce qui était fort inhabituel.

« Encore là, Julie ? s'étonna Claude. Il est tard !...

— C'est parce que j'ai quelque chose pour vous, Claude… Enfin, si vous en voulez, naturellement.

— Ah bon ? Qu'est-ce que c'est ?

— Un autre petit chat.

— Vraiment, Julie, vous ne pensez pas que nous sommes déjà comblés ?… Comment est-il ?

— Tout noir… »

Claude sourit en secouant la tête.

« Bon. Allez le chercher », dit-elle.

Toccata et Fugue en miaou majeur

« MOUNE est rentré ?

— Oui, monsieur, il y a cinq minutes... Mais il a l'air bizarre.

— Qu'est-ce que c'est, *bizarre* ? »

Hélène m'expliquait :

« Quelqu'un a sonné, en bas. Un monsieur... Il m'a dit dans l'interphone : Moune est à la porte, je crois qu'il voudrait rentrer. J'ai ouvert, naturellement, mais il n'est pas monté tout seul, comme d'habitude. Alors je suis descendue et je l'ai pris dans mes bras. Tiens, je me suis dit, il est mouillé, mais quand je l'ai posé sur le palier, j'ai vu que c'était du sang... »

Là elle m'inquiétait sérieusement, notre chère Hélène ! Je ne fis qu'un bond jusqu'à la cuisine où Moune somnolait, lové sur une chauffeuse. Alors que je le soulevais pour l'inspecter de fond en comble, il émit une sorte de grognement rauque et gargouilleux que je n'avais pas, jusqu'ici, couché dans mon lexique « chat-français ». Je traduisis, au jugé :

« Fais gaffe, sauvage ! Tu brutalises... »

Très fâché, il sauta à terre et alla se réfugier dans son coin de canapé préféré.

Hélène, qui repassait une chemise, m'interrogea du regard.

« Je ne vois rien, Hélène... Il s'est peut-être battu avec Marcel ?... En tout cas, ça n'a pas l'air bien méchant. »

Et je m'installai à mon bureau dans l'intention louable d'éponger un peu de mon courrier en retard.

Une clé dans la serrure : Catherine s'en revenait du boulot... Sans prendre le temps de retirer son manteau, elle se prosterna devant Monseigneur, enfouit sa tête dans la fourrure selon un rite vespéral solidement établi et, bientôt, un tendre gazouillis de mère gâteuse emplit le salon d'un bruit d'oiseaux.

« Bonjour, ma chérie. Je suis là aussi... A propos, manie avec précaution notre grand blessé... »

Elle se redressa vivement :

« Quoi ? Il est blessé ?

— Il paraît. »

Et je lui racontai toute l'histoire.

Séance tenante Catherine entreprit d'inspecter son chat. Avec des précautions infinies elle soulevait, l'une après l'autre, des touffes de poils à l'endroit présumé du choc avec l'objet, le véhicule ou la mâchoire agressive, cherchant une plaie, une marque, une croûte de sang séché...

« Mais oui ! s'exclama-t-elle. Il a une belle coupure, là, sur la cuisse ! Regarde... Et cette bosse ! Tu as vu cette bosse énorme ? »

Moune tourna vers nous un regard de noyé :

« J'suis bien malade », gémit-il.

« Qu'est-ce qu'il te dit ? demanda Catherine qui ne parle pas encore « chat » couramment.

— Il dit qu'il est malade. »

Derechef, un vent de panique souffla sur le logis :

« Vite ! Le thermomètre ! »

Gagné par un contagieux affolement, je me ruai vers l'armoire à pharmacie cependant que Catherine, capitaine courageux au cœur de la tempête, distribuait ses ordres :

« Hélène, s'il vous plaît, appelez vite Mme Sabatté et passez-la-moi !... Je suis à peu près sûre qu'il s'est fait accrocher par une voiture ! »

Mme Sabatté, les fans s'en souviennent, est cette délicieuse personne qui fut, dans notre bonne vieille rue, l'une des toutes premières à nourrir le vagabond, surgi de nulle part et allant au même endroit, et dont l'attendrissante et misérable adolescence se faisait les dents sur la vie rude du pavé parisien. Cela, c'était il y a quatorze ou quinze ans... Depuis, Mme Sabatté a sa chatte bien à elle, une bonne grosse mère qui ne décarre pratiquement jamais de son coussin duveteux, mais, fidèle en amitié, il n'est guère de semaine sans que nous alerte l'appel inquiet de notre excellente amie : « Alors, comment va-t-il ?... Je ne l'ai pas vu, ces jours-ci... »

« Tu rêves, Philippe, ou quoi ?

— Voilà, voilà... »

Catherine m'arracha positivement le thermomètre

des mains et courut vers Hélène qui lui tendait le combiné. Pendant qu'elle notait le numéro de téléphone du vétérinaire (nous l'avions bêtement égaré), je retournai au blessé. Conscient d'être l'épicentre d'une flatteuse agitation, la Moune, selon moi, faisait l'intéressant. Ce n'était pas du tout l'avis de Catherine et le fait est qu'à y regarder de plus près, je sentais l'inquiétude me gagner aussi. C'est pourtant vrai que sa cuisse droite avait presque doublé de volume !...

« Tu as eu le vétérinaire ?

— Non, c'est occupé. Je vais déjà lui prendre sa température... »

Ça, c'était son idée à elle. Moune, lui, ne voyait pas du tout les choses de cette façon. A la vue du thermomètre (il connaissait déjà), il se coula en bas de son perchoir et s'en fut chercher la protection d'Hélène. Mais Hélène était partie et il se fit coincer bêtement entre le frigo et le chambranle.

« Philippe ! Aide-moi à le tenir ! »

Ça aussi c'était son idée... A croupetons dans la position du tireur embusqué, Catherine souleva la queue du patient qui se mit à piailler avec énergie.

« Non mais qu'est-ce que c'est que ces manières ? Ça vous regarde, ce que j'ai sous la queue ?

— Mais tiens-le mieux que ça !...

— As-tu mis de la vaseline au bout du machin ? »

Catherine haussa l'épaule gauche (l'inoccupée) avec autant de pitié attristée que si je lui avais demandé la couleur du cheval blanc d'Henri IV. Moi ça me paraissait important, la vaseline, je ne vais pas vous faire un dessin... De toute façon, avec ou sans vaseline, le problème semblait réglé car Catherine, dans son énervement, avait laissé choir le thermomètre, lequel s'était fracassé au sol...

Nous contemplions d'un air bovin les petites billes de mercure qui roulaient joliment sur les dalles... Quant à Moune, il avait profité de l'intermède pour mettre son cul à l'abri.

Tout à coup il me revint à l'esprit que nous attendions, pour dîner, Philippe et Edmonda Galardi.

« Tu devrais t'occuper du dîner, tu ne crois pas ?

— Je n'ai pas la tête à ça, soupira Catherine.

— Toi non, mais les Galardi, sûrement que si... Ils

s'attendent probablement à trouver quelque chose dans leur assiette... Justement les voilà ! »

J'allai ouvrir cependant que Catherine courait mettre son fricot en route.

Tout en installant nos amis devant l'apéro d'usage, je les instruisis de l'événement. Dieu merci, ils connaissent et aiment Moune de longue date et mon récit, bien que dépouillé des angoisses de maman-chat, tomba dans des oreilles particulièrement réceptives. Au point, d'ailleurs, que Philippe Galardi rétablit d'autorité les priorités du cœur :

« Occupez-vous de Moune d'abord, Catherine. Le plus urgent, c'est lui. Et vous aussi... Parce que telle que je vous vois, vous ne pourriez pas avaler une bouchée... »

Il parlait d'or, l'ami Philippe. Et comme Edmonda approuvait, avec son charmant accent italien, ce généreux blanc-seing, Catherine me commit d'office à la surveillance du rata et se suspendit *illico* au téléphone. (Avant de courir à mes fourneaux, je décrochai l'écouteur.) Le Dr Vannier, apparemment, en avait vu d'autres et son calme faisait du bien... Mais non, chère madame, la fracture du bassin est tout à fait exclue puisqu'il marche et s'assoit normalement... C'est votre mari qui le dit ?... Il ne l'inventerait pas, quand même... Trop optimiste ? Ne soyez pas vous-même trop pessimiste ! Gardez-le au chaud et amenez-le-moi demain... Non, non, non, pas de raison de vous affoler, je suis formel ! Il bouge, il ronronne, il a mangé, il est allé à son bac, il n'a rien de grave. Mais vous, prenez un calmant... »

A l'instant où nous passions à table, Catherine s'appuya dos au mur. Elle était toute pâle et haletait comme si elle avait fait un cent mètres :

« J'ai eu tellement peur...

— Tu es rassurée ?

— Oui, d'une certaine manière.

— Alors, dînons tranquillement. Demain, on conduira notre éclopé chez le toubib. »

Moune, à qui nos émois n'avaient pas coupé l'appétit, se joignit à nous avec simplicité et, poliment juché sur sa chaise, il nettoya consciencieusement sa portion de crevettes roses. Après quoi il me demanda, toujours poliment, la permission de se retirer afin d'aller repo-

ser ses vieilles pattes outrageusement malmenées en de mystérieuses circonstances.

Lorsque, le lendemain, j'émergeai d'un sommeil peuplé de bistouris et de bandes Velpeau, Catherine, levée aux aurores, avait déjà fait l'acquisition d'un thermomètre flambant neuf, pris la température de son malade (39,8 — c'était sérieux) et convenu d'un rendez-vous avec le Dr Vannier.

La bulle, équipée d'un épais coussin, attendait le malade qui ne fit aucune difficulté pour y pénétrer. Il ne nous servit pas davantage les jérémiades d'usage lorsque je l'installai sur le siège arrière de la voiture. Il ne réagit pas non plus lorsque je l'en descendis et le véhiculai jusque dans la salle d'attente du Dr Vannier. Catherine flairait, dans cette apathie, le mauvais présage :

« Il était plus fringant hier... Pour ne réagir à rien, il faut qu'il soit vraiment très mal en point !

— Mais non, je t'assure. Il n'est pas dans son assiette, ça c'est certain, mais il sait que dans cet endroit, on soigne et on guérit. Alors il se tient tranquille parce que les bêtes ont plus de bon sens que nous. — J'avais ouvert la bulle et il en était sorti pour aller reluquer de plus près un panier qui exhalait des miaulements plaintifs. — D'ailleurs tu vois, il n'a rien perdu de sa curiosité. C'est bon signe. »

Mais une porte s'ouvrit :

« Monsieur Moune, s'il vous plaît ? C'est à vous », annonça le toubib qui connaissait ses classiques.

Notre trio se glissa à la queue leu leu dans le cabinet et Moune, d'un coup de jarret, sauta de lui-même sur la table de consultation, ce qui mit en joie le Dr Vannier :

« A la bonne heure ! Voilà un client accommodant ! — Il le caressa de la tête à la queue. — C'est très bien, Moune, tu as tout compris... Et tu as aussi une sacrée mémoire ! »

Le fait est que Toutounet (vous ai-je dit que nous l'appelons aussi Toutounet, spécialement lorsqu'il est à plaindre ?), Toutounet, donc, s'allongea sans discuter sur l'acier froid, s'offrit de bonne grâce au thermomètre (un événement), se laissa palper complaisamment et accepta la piqûre en Spartiate.

Le praticien confirmait son diagnostic téléphonique :

« Ce n'est pas une voiture... Probablement un petit chien qui l'a chopé par surprise. Tu ne cours pas assez vite, mon vieux... Vous voyez les quatre petits trous qu'il a sur la cuisse ? Des traces de dents... Ce ne serait rien du tout s'il ne s'était pas infecté. Vous lui ferez avaler matin et soir un cachet de cette boîte et lundi il galope. »

Toutounet adopta la position assise et me jeta un regard interrogateur :

« C'est fini ? Je suis guéri ?

— C'est fini mais tu n'es pas guéri. Si tu avales bien sagement les cachets du docteur, lundi tu pourras galoper.

— *Je me sens très bien, merci. Et je peux galoper tout de suite. »*

Il sauta à terre à l'instant où l'infirmière revenait en salle, enquilla la porte en trombe et courut jusqu'au portail d'entrée qu'un client malencontreux entrebâillait au même moment.

Quelle corrida, mes amis ! Nous étions tous à ses trousses : le Dr Vannier, l'infirmière, Catherine et moi, et aussi le client malencontreux, son teckel à bout de bras !...

« Il va se faire écraser, criait Catherine à pleins poumons. Il faut le rattraper !

— Facile à dire ! Où est-il passé ? A droite ? A gauche ? Avec tous ces gens sur le trottoir, je n'ai rien pu voir... »

Nous étions en paquet à l'angle de la rue des Rosiers et de la rue des Ecouffes. Catherine s'arrachait les cheveux par poignées, le Dr Vannier se désolait, l'infirmière plaidait coupable et moi je m'efforçai de calmer mon petit monde :

« On va le retrouver à la maison, les chats ne se perdent jamais.

— Oh, il m'agace ! Il n'a que cet aphorisme à la bouche : les chats ne se perdent jamais, les chats ne se perdent jamais... Peut-être, mais ils se font écraser ! »

Il me fallait en convenir.

Libérant le docteur et son assistante, nous fûmes convenus que je rentrerais la voiture au parking, cependant que Catherine visiterait à pied les possibles itinéraires de Diabolicus (nous l'appelons Diabolicus quand il nous casse les pieds.) Si je ne trouvais pas Diabolicus au bercail, je reviendrais pour prendre ma part de l'exploration...

Hé non ! Le petit monstre ne rôdait pas dans les parages lorsque j'émergeai du garage. Je décidai de passer au peigne fin la rue Saint-Gilles puis, sur l'autre rive de la tumultueuse rue de Turenne, la rue du Parc-Royal, le paisible square Victor-Hugo et la rue Payenne. Catherine devait, au jugé, se trouver rue Pavée ou rue des Francs-Bourgeois. Avec un peu de chance, nous ferions notre jonction aux abords de l'hôtel Carnavalet.

Sur la piste éventuelle du fuyard, j'écarquillais les mirettes, lorgnant l'angle des porches, biglant sous les bagnoles, matant les trottoirs opposés, borgnotant le fond des impasses, frimant l'horizon des rues, bref, zyeutant tous azimuts à m'en user les besicles... Rien... Nib. Pas trace de chat... Du mien, s'entend. Car ceux des autres ou de personne, ils baguenaudaient, tranquilles. Je n'en avais jamais tant vu ! Cela me remettait en mémoire les javas du samedi soir... Je ne sais pas si la tradition s'en est maintenue mais à l'époque de sa restauration, le vieil hôtel Salé abritait, tous les samedis soir, dans sa cour intérieure ouverte à tous les vents, une vaste assemblée de chats libres, une cat's surprise-party, en quelque sorte. Je le sais parce que, un samedi soir, justement, j'avais discrètement filé Moune jusqu'à la rue Thorigny et l'avais vu prendre, devant les grilles démontées, son ticket d'entrée. Les greffiers, il en pullulait dans cette cour remplie de gravats, de matériaux et d'engins. Ça copinait, ça se chamaillait, ça rigolait, ça flirtait, ça se grimpait dessus... Il ne manquait qu'un accordéon pour faire valser tout ce beau monde. Pourquoi le samedi et pas un autre jour ? Une contagion bipédique ? Le climat incitateur des fins de semaine ? Des bonnes gens mettant le cap sur la « fermette aménagée » et qui, jusqu'au lundi, larguent le cher petit dans la ville et ses plaisirs ? Un peu de tout cela sans doute...

Comme tous les matous de l'arrondissement ont l'air de bien se connaître, à défaut de se supporter, l'un ou l'autre de ces fêtards m'eût sans doute renseigné s'il m'avait été donné de communiquer avec eux aussi clairement qu'avec Moune. Pas évident.

Catherine non plus n'était nulle part... Je poursuivis ma quête par la rue Elzévir, la rue Barbette, la rue des Quatre-Fils, la rue de la Perle... Ils sont jolis, nos noms de rues, dans le Marais... Un relent de Moyen Age et de Grand Siècle tout à la fois... Je n'en avais cure, ce jour-là, et, bredouille, je mis le cap sur la maison.

Catherine était de retour. Les commissariats, dûment chapitrés, ne mettraient pas en fourrière un chat aussi célèbre, promis juré. Les commerçants, sur le parcours, attentivement alertés, gardaient sous les yeux notre numéro de téléphone. Les concierges de connaissance ajoutaient avec ravissement un motif supplémentaire à bigler derrière leur rideau...

«J'ai fait toutes les rues en marchant au milieu de la chaussée, m'exposait Catherine. Tu comprends, s'il lui était arrivé quelque chose, c'est là que je l'aurais trouvé. Pas sur le trottoir...

— On a fait tout le possible... Il faudrait peut-être dîner ?

— Dîne, si tu veux. Moi je n'ai pas faim.

— Moi non plus... »

Effondrés dans un canapé et silencieux, nous attendions...

Toutes les cinq minutes, l'un ou l'autre ouvrait la fenêtre, se penchait à mi-corps et lançait des appels d'angoisse qui restaient sans écho...

La sonnerie de l'interphone nous fit sauter au plafond. A l'autre bout, une voix anonyme — la bonne voix anonyme — me chantait à l'oreille tous les alléluias :

«Je crois que Moune veut monter, monsieur...»

Mitzy, le chat qui marchait droit devant lui...

UN COMME CELUI-LA, je n'en avais jamais rencontré... Mes spécimens familiers se recrutaient dans la branche domestique : matous de coussin léthargiques, raminagrobis au coin du feu, mistigris pour amuser le mouflet, greffiers casaniers des âmes solitaires...

A peu près tous, y compris les chats de rue (j'en savais quelque chose) tombaient dans un foyer ou cherchaient à s'en dégoter un. Leur amour atavique de l'indépendance ne semblait nullement exclure l'existence d'un domicile légal, et tout ce qui va avec : des mains pour caresser, un frigo plein de petites bouffes, des rideaux pour se faire les griffes, des fauteuils pour y rêver à poings fermés, un petit bout de langue rose dépassant des babines...

Celui-là, non. Il résistait à toute classification, n'entrait dans aucune catégorie répertoriée, refusait l'identification sommaire. En un mot comme en cent, c'était un chat globe-trotter, un chat qui se promenait et visitait du pays, un chat qui marchait droit devant lui... Et, je tiens à le préciser, non point qu'il fît le difficile et ne trouvât pas à son goût les demeures où, ici ou là, il advenait qu'il fît halte ; non point davantage qu'il fût insensible au froid, à la pluie ou à la fatigue mais pour le motif, simplement, qu'il avait choisi cette vie-là, et pas une autre.

Il arrive, la plupart du temps, que les chats libres s'installent à l'intérieur d'un périmètre bien délimité, établissent leur territoire de chasse avec plein de panonceaux « Défense d'entrer », y font souche et y meurent. Des chats sauvages, il en vit partout, et ceux que ça intéresse savent où les trouver.

Celui-là, non. Planter sa tente ici plutôt qu'ailleurs, ça n'était pas dans ses idées. Avoir sous les yeux le même horizon, hiver comme été , ça l'aurait fait bâiller d'ennui. Se colleter du matin au soir avec les collègues qui se sont mis dans le chou de hisser le drapeau sur la réserve du copain, très peu pour lui. Faire comme tout le monde et s'user le tempérament à défendre son hectare de bois quand on a toute la planète à sa disposition ?...

Celui-là non, monsieur. C'était un chat qui se promenait, un chat qui marchait droit devant lui...

Notre première rencontre eut pour cadre embaumé l'atelier de menuiserie de nos amis Miras, à l'orée de Roubion, face au cimetière. J'étais entré pour savoir où en étaient les meubles de cuisine dont Catherine avait passé la commande aux deux frères et je l'avais tout de suite vu, lui, le chat, assis sur un tas de copeaux et observant avec un intérêt évident la laborieuse agitation des machines et des artisans. Comment ne pas le remarquer, d'ailleurs !... Les chats blancs ne sont pas courants, et de cette taille, moins encore. Sous un poil superbe, des muscles de sportif avantageaient la silhouette. Un regard bleu ciel angélique réclamait le bon Dieu sans confession... A l'approche de ma main, il tendit la tête, ce qui signifiait qu'il daignait accepter la caresse.

«Je ne savais pas que vous aviez un chat, monsieur Miras ?

— Moi non plus !... Il est là depuis trois jours. Les compagnons l'adorent et ma femme en est toquée... Il est beau, hein ?...

— Comment est-il entré chez vous ?

— Par la porte. Comme vous. Pas plus difficile que ça... Maintenant, ne me demandez pas d'où il vient, j'en sais rien. Pas de collier, pas de tatouage... J'ai demandé dans le village... Il est à personne qu'on connaît. Alors on le garde... »

On le garde... Ça, c'est ce que croyait l'ami Miras. Le chat, lui, avait plein d'autres projets dans sa musette...

Le vendredi suivant, Miras monta jusqu'à Fontanille pour nous apporter, et les ajuster par la même occasion, les éléments de la cuisine sortis de son atelier. Quand on aime un chat, on aime tous les chats et je m'informai tout naturellement de la santé du sien :

« Comment se porte votre greffier, monsieur Miras ?

— Parti... Parti sans crier gare... Comme il était venu, en somme. Lucienne a pleuré... — Il balaya l'air de son maillet, fataliste. — Les chats à mon avis, faut pas essayer de comprendre. »

Moi, par contre, j'ai commencé de comprendre la semaine d'après... Descendu à Joucas pour y consulter un expert en cyprès, chaudement recommandé, je suis tombé, devinez sur qui ?...

Cette fois il avait un nom. La porte du bistrot venait en effet de s'ouvrir à la volée et la taulière me le fournissait :

« Mitzy ! Reviens ! Tu vas te faire écraser ! »

Mais Mitzy continua d'avancer dans ma direction et il offrit sa tête ronde à ma caresse. M'avait-il reconnu ou faisait-il l'aimable avec tout le monde ?

Dévoré de curiosité, j'entrai dans l'estaminet, commandai une bière et y allai de mon interview. J'appris ainsi que Mitzy — puisque Mitzy il y avait — résidait céans depuis la veille au matin, nonobstant la présence officielle d'un fox à poil dur, lequel l'avait accueilli en mettant en marche son métronome caudal (bon signe). Ne pouvant faire moins que leur cador, les braves gargotiers y étaient allés de leurs guili-guilis et lui avaient offert les restants goûteux des merlans de la veille. A leur grand étonnement, Mitzy avait poliment refusé l'en-cas qu'on lui mettait sous le museau et, d'un coup de jarret, il s'était installé sur une banquette de moleskine où il avait piqué, jusqu'à midi sonné, un roupillon de bienheureux.

Un autre aspect de Mitzy m'était ainsi révélé : ce qu'il cherchait, en posant son balluchon chez des gens quelques heures ou quelques jours, ce n'étaient pas les vulgaires nourritures terrestres (pour cela, il se démerdait très bien tout seul) mais une petite bouffée d'affection, un peu de chaleur humaine, une bonne compagnie de hasard. Or, cela, il tenait absolument à ce que ce fût compris et qu'aucune équivoque ne s'installât entre ses hôtes d'un moment et lui, le chat qui marchait droit devant lui. Et il en avait trouvé le moyen en déclinant, à son corps défendant, l'aumône de la première gamelle garnie. Il gardait donc sa faim pour lui jusqu'à ce que fût bien établi le caractère désintéressé de ses visites. Qu'on se rassure, il se rattrapait par la suite et, dans le bistrot où venaient, à l'époque, casse-grainer les ouvriers d'un chantier voisin, il avait, positivement, fait bombance, récoltant de table en table de substantiels échantillons du menu.

Non, Mitzy, décidément, ne ressemblait à aucun des chats que j'ai connus...

D'où j'étais, je le voyais vaquer autour de la fontaine chantante de la place, flairant des pistes sur le sol ou se récurant le tour de l'œil, assis sur trois pattes, cependant qu'il léchait attentivement l'autre avant de se la passer sur la figure, comme un gant de toilette. Il n'était pas seul, sous le platane ; je veux dire : pas seul de son espèce. D'autres matous y traînaient leurs puces, un roux, un peu lourdaud, et un tigré aussi, dans la fleur de l'âge et agité en diable. Mitzy ne leur prêtait pas la moindre attention. Il ne les surveillait pas, il ne leur faisait pas d'avances, il ne leur courait pas dessus, en somme il ne les voyait pas. Cela aussi distinguait Mitzy de ses congénères : n'ayant ni territoire à défendre, ni foyer à revendiquer, il vivait dans un univers pacifique et dématérialisé, au cœur d'une bulle, en quelque sorte, sans appréhensions ni colères, sans envies ni prétentions, sans papiers d'identité et sans fil à la patte...

Il semblait inévitable, compte tenu de ses itinéraires prévisibles, qu'il fît, à quelque moment, son apparition dans les hauts de Gordes où je me rendais souvent pour y faire mes emplettes. Ce fut un vendredi, jour de marché, justement — l'événement hebdomadaire que fuient les animaux plus ou moins errants car la circulation et le va-et-vient des chalands les affolent et leur font redouter chiens d'accompagnement, gamins turbulents et chauffards homicides. Mitzy n'avait pas de ces craintes. Il évoluait avec aisance et placidité au milieu des clients, des bagnoles et des éventaires qui exhalent, au passage, d'émoustillantes odeurs de charcuterie montagnarde, de fruits frais cueillis et de fromages de chèvre. A mon appel, il vint, sans se presser, se faire gratter entre les oreilles. Aucun doute, cette fois, il m'avait bien retapissé et je savais compter désormais au nombre de ses amis.

Mitzy n'était à Gordes que de passage. Il fit le tour du village, comme n'importe quel touriste, explora le passage souterrain du château et pissa un bon coup dans le jardin de l'hospice. On le vit déambuler sur le chemin des Garrigues , au Plan des Ratiers, venelle Font-caudette, quartier Carcarille, et jusqu'à Fontaine-Basse où nos amis Gabriel, qui sarclaient le potager, le virent passer, solennel et grave, sur une petit route empierrée qui descend vers la D2 entre deux rangées de marronniers.

Son inspection terminée, il ne s'attarda pas outre mesure, s'éloigna de la bourgade et de son agitation un peu vaine et s'en alla prendre un billet de logement à l'Auberge des Bories, sur la route de Sénanque. Ce faisant, Mitzy témoignait d'un goût très sûr pour les étapes de qualité. Celle-ci ajoutait, à un cadre sortant de l'ordinaire, l'une des meilleures tables du Vaucluse et, parce qu'il était tout à la fois extrêmement gentil et des plus décoratifs, Mitzy y fut reçu avec les honneurs réservés aux voyageurs de haut rang.

Comme nous fêtions conjointement notre anniversaire de mariage en ces lieux hautement propices à la respectueuse méditation des papilles dégustatives, Mitzy vint, sous la table, se frotter à nos jambes en ronronnant sa connivence. Il accepta, pour le principe, une queue de langoustine et poursuivit son tour de salle.

A partir de là, on le perdit quelque temps de vue. Christian Rosier, qui sillonne le département pour garnir le portefeuille immobilier de son agence, me le signala à Murs. Saisi peut-être d'un besoin circonstanciel de bénédictions à la veille d'explorations hasardeuses, Mitzy avait pris pension chez le curé et semblait s'y plaire en dépit du fait que le régime y fût réputé spartiate. Mais il aimait les offices chantés, bien que Mélie, la soliste, psalmodiât le cantique comme une seringue, et la rumeur publique prétend qu'il ne manqua aucune messe. (Je donne l'information pour ce qu'elle vaut car je n'ai pas eu loisir de la vérifier.)

L'étonnant, avec Mitzy, est qu'il semblait sauter d'un patelin à l'autre, comme ça, à pieds (pattes) joints, car on ne le rencontrait jamais sur les routes. Aujourd'hui à Roussillon, trois jours plus tard à Goult... Entre les deux, l'épais mystère... Le motif en était que Mitzy se déplaçait à travers champs ou, de préférence, à travers bois car — m'avait confié le cantonnier qui le connaissait bien — il veillait à disposer, à proximité, d'un arbre qu'il eût escaladé jusqu'au faîte si quelque renard de rencontre avait eu dessein de lui chercher noise. Quant aux cours d'eau, il les traversait à la nage et par tous les temps, ce qui le lavait par la même occasion.

En quittant Fontanille pour aller reprendre à Paris le cours fastidieux de mes occupations, j'étais tout à fait certain que je ne reverrais plus Mitzy. Aussi, grand fut mon ébahissement lorsque je le vis venir vers moi, amical et flegmatique, alors que je refaisais le plein à la station Total, peu après la sortie d'Avignon-Nord. Nous nous fîmes mutuellement mille grâces et, bien entendu, je questionnai le préposé aux carburants :

« Ah, Blanche-Neige ?... On l'a trouvée un matin, assise entre deux pompes. Le patron a téléphoné à la gendarmerie et au *Dauphiné libéré* pour la signaler. Une aussi belle chatte, pomponnée et bien en chair comme la v'là, sûr qu'elle est à quelqu'un, pensez ! Pourtant, personne ne l'a réclamée. Alors on la garde...

— Cher ami, lui dis-je doucement, vous vous méprenez sur toute la ligne... Primo, il ne s'appelle pas Blanche-Neige, mais Mitzy. Deuxio, ce n'est pas une femelle, mais un mâle. Tertio, un chat quel qu'il soit n'appartient à personne : en revanche, les gens qui l'abritent sont sa propriété exclusive et personnelle, même s'ils n'en savent rien. Quarto, Mitzy n'est attaché à aucun bipède en particulier : c'est un chat libre qui marche droit devant lui. Quinto et *in fine* : Vous ne le garderez pas. Abandonnez vos illusions, il séjournera chez vous tant que ça lui chantera et aussi longtemps qu'il n'aura pas épuisé les charmes douteux de la station. Après quoi, salut Berthe !... On le retrouvera à Valence, probablement... »

Le brave homme m'écoutait, l'œil rond et la bouche ouverte :

« Ah bon ? finit-il par lâcher. Il est gentil, quand même.

— Oui. Il est gentil. En plus... Je vous dois combien ?... »

Je fis mes adieux à Mitzy et je me remis dans le flot montant que drainait l'A6.

Passé Montélimar et ses nougats, Catherine sentit une petite faim la visiter :

« Et si on s'arrêtait à Valence pour croûter ?...

Comment s'appelle ce très bon bistrot où tu m'as emmenée l'an dernier ?...

— Banco ! Je le retrouverai. »

Abandonnant les forcenés de la moyenne aux gaz d'échappement des poids lourds, j'entrai dans la ville.

Je roulais au pas, lorgnant à droite et à gauche... A tout hasard...

Où avais-je la tête ?...

Catherine, qui avait compris, se moquait gentiment de moi :

« Non, il ne vole pas encore, que je sache... Laisse-lui le temps d'arriver. »

Hé non, il ne volait pas. Et c'était tout à fait idiot de le chercher du regard dans les rues de Valence. Mais je savais maintenant que ma route vagabonde croiserait encore, Dieu sait où, Dieu sait quand, celle de Mitzy, le chat qui se promène, le chat qui marche droit devant lui...

L'Hétaïre aux oiseaux

TOUT LE TEMPS que j'habitai Boulogne, le bois, tout proche fut ma promenade favorite. En dix minutes, et pédestrement, l'avenue Jean-Baptiste-Clément me déposait sur ses rives et il ne me restait plus qu'à choisir, selon l'humeur, entre les sous-bois que le soleil transperçait de ses flèches, les allées cavalières douces ou pas, ou l'une ou l'autre de ces clairières que les tailles offraient à la sieste.

A l'époque, le bois passait pour bien famé, c'est-à-dire que le voyou y restait rare, et encore absents les Brésiliens outrageusement fardés.

J'avais une prédilection pour la vaste et haute futaie qui va de l'allée de la Marguerite à l'avenue de l'Espérance et que ne hantaient guère les bruyants bambins et les amateurs de cyclocross. A cent mètres de la route, j'y retrouvais, bien à l'abri des ballons intempestifs et des cris stridents, mon bout de tapis fleuri et ombreux où je m'installais, le dos appuyé à un tronc, la pipe au bec, un bouquin dans les pattes.

Le seul quidam qu'il m'était parfois donné d'apercevoir était un brave homme dans la soixantaine, petit mais râblé, la gapette vissée sur un crâne dégarni, un éternel mégot aux lèvres. Il était toujours chargé comme un baudet : deux sièges pliants dans la saignée du bras gauche, un sac chargé de probables victuailles au bout du bras droit et qui, au tintement joyeux de ses bouteilles, m'annonçait de loin son approche. En passant près de moi, il me saluait fort civilement et s'enfonçait dans les fourrés vers son mystérieux rendez-vous.

Nous avions, en une ou deux occasions, échangé quelques banalités. Je savais ainsi qu'il avait été contremaître chez Renault, qu'il venait de prendre sa retraite et qu'il comptait au nombre des solitaires du troisième âge parce que veuf et sans enfants. Je m'étais naturellement interdit de l'interroger sur le motif, probablement enjuponné, qui, à la belle saison, l'amenait tous les jours en ces lieux.

Et puis, un matin que nous abordions de concert les premiers ombrages de nos édens personnels, il m'invita à l'accompagner jusqu'à son coin à lui :

« C'est pas bien loin... Et je vous présenterai Irma. »

« Irma », assise sur une souche, attendait le bonhomme et son cabas. Point n'était besoin d'être grand clerc pour flairer la professionnelle à vingt pas... Celle-là, je ne l'avais jamais remarquée auparavant car — m'apprit-elle par la suite — elle arrivait par l'autre extrémité du bois. Domiciliée à Suresnes, elle garait en toute logique sa voiture avenue de l'Hippodrome, et un sentier agreste l'amenait rapidement sur son terrain d'exercice homologué.

« Vous mangerez bien un morceau ? » suggéra Irma, les présentations faites. Sans attendre ma réponse, elle sortit la miche, le beurre et le sauciflard, cependant que Gaston — il s'appelait Gaston — débouchait la première bouteille de la journée.

J'en appris tout plein : Gaston avait connu Irma bien

avant son mariage, et ils étaient restés amis. Tout seul dans son appartement vide, il déprimait ferme et Irma, compatissante, lui avait proposé l'emploi d'ange gardien car il lui était arrivé d'être roulée par des voyous qui entendaient consommer sans payer. En échange de sa protection, Irma assurait la charge du ravitaillement et y ajoutait un petit billet, en fin de journée. L'idée que la fonction portât un nom très précis, dans le milieu et la police, n'avait pas effleuré Gaston. Pour mieux connaître les arcanes du métier, Irma lui donnait plaisamment du Prosper, ce qui ne semblait pas troubler le brave homme outre mesure.

Quant à Irma, elle finissait, au grand air, une carrière bien remplie. Corpulente et généreusement dotée par la nature et l'abus de sandwichs, elle conservait, cependant, un assez beau visage que les années n'avaient pas empâté. Il me fallut peu de temps pour apprécier la vivacité d'esprit d'Irmą et son sens de l'humour. Heureuse nature de naissance, elle prenait la vie du bon côté et son sort ne lui semblait en rien pitoyable.

« C'est pas tout ça, dit-elle, en époussetant les miettes de sa robe, faut maintenant que j'aille nourrir mes bêtes... »

Elle pêcha, dans le sac de Gaston-Prosper, deux pots à confiture remplis de graines et s'éloigna en direction des arbres.

« C'est son plus grand plaisir, me commentait Gaston. Elle nourrit les piafs du bois de Boulogne. Parlez d'un boulot !... Vous voyez ces trucs qu'elle a accrochés partout ?... »

Je m'approchai. Sur une dizaine de troncs disséminés, de petits gobelets en plastique, percés de deux trous, étaient fixés contre l'écorce, au moyen d'une ficelle bon marché. Et, soudain, je les entendis... Jusqu'à cet instant précis, je n'avais eu conscience que d'un vague bruissement, une multiple et silencieuse présence, tapie dans les branches basses et les buissons environnants. Et voilà que la gent ailée se déchaînait... Chardonnerets, fauvettes, mésanges, bergeronnettes, merles, piverts, rossignols et moineaux de Paris dansaient la sarabande autour d'Irma et de ses mangeoires en menant grand tapage.

« Premier service ! » annonça Gaston.

Parfois, un oiseau se posait sur la tête ou l'épaule de Madame-la-Providence-des-piafs et elle leur passait sur le dos un doigt très doux qui ne les effarouchait pas.

« Pour les écureuils, me dit-elle, j'ai mes noisettes... »

Elle s'en fut les disposer au pied de deux chênes d'où dégringolèrent aussitôt, tête en bas, deux ravissantes petites bêtes rousses à la queue en panache.

« Un vrai cirque ! ironisait Gaston. On ne voit pas mieux à Medrano... T'as rien pour les fourmis ?

— Non. J'aime pas les fourmis... Au fait, Prosper, t'as pas vu Jules, aujourd'hui ? »

Je m'étais bêtement imaginé, sur le moment, que Jules comptait au nombre des clients assidus de la dame ; mais non, Jules était un chat sauvage qu'Irma s'était mis en tête d'apprivoiser. A son intention, elle disposait chaque matin, dans une soucoupe, une gâterie genre mou de veau ou foie de génisse vers quoi Jules rampait précautionneusement, quelquefois en leur présence, la plupart du temps la nuit, à preuve la netteté de la soucoupe où ne subsistait pas une miette du festin.

La chance me souriait ce jour-là : Jules, un beau bâtard mâtiné de chartreux, émergea d'un fourré, s'assit devant un châtaignier et, à bonne distance, nous contempla avec circonspection. Mais lorsque Irma commença de marcher dans sa direction, il fit un brusque demi-tour et détala dans un grand bruissement de feuilles

« Ce qu'il est sauvage ! murmura Irma, dépitée.

— Bé dame, gloussa Gaston. Un chat sauvage, c'est sauvage.

— ... Mais je l'aurai !

— Je te fais confiance. »

A l'heure du soleil déclinant, je quittai mes nouveaux amis qui me firent promettre de les visiter à nouveau, un jour prochain, eux et leur ménagerie.

Sur le chemin du retour, je ruminais une bizarrerie qui m'avait frappé là-bas et qui, à présent, me fuyait l'esprit... Mais oui ! Ça me revenait... Tout le temps de mon séjour dans la clairière de l'hétaïre, pas un seul amateur ne s'était pointé, de près ou de loin. Ma présence était-elle à ce point dissuasive ?... Comme Irma ne faisait nullement mystère de sa mission humanitaire, il ne me semblait pas incongru de m'en ouvrir à l'intéressée.

… Ce que je fis trois jours plus tard. Le geste vague et insouciant d'Irma ne constituant pas, à proprement parler, une explication lumineuse, ce fut Gaston qui se chargea de m'instruire du phénomène. A l'en croire, Irma se contrefichait de la recette. Elle avait assez glané d'écus sur les trottoirs de Toulouse, de Brest et de la rue Saint-Denis pour se trouver à l'abri des intempéries. Les rares habitués qu'elle honorait de ses faveurs lui payaient ses impôts et ses cigarettes, tout en lui évitant de trop taper dans la cagnotte. Pour le reste, ses piafs, ses écureuils et ses chats sauvages comptaient infiniment plus, à ses yeux, que les bipèdes en mal d'affection tarifée — son ami Gaston et quelques bonnes copines exceptés. Ce coin qu'elle avait donc choisi passait à juste titre pour le moins productif du bois de Boulogne mais, aussi, pour l'un des mieux dotés en bestioles à deux ou quatre pattes. Hors des chemins balisés et des sentiers battus, son isolement et son mystère un peu inquiétant éloignaient les uns et rameutaient les autres. Et Irma s'en trouvait très bien.

Alors que Gaston achevait de me dessiller les yeux, Jules montra ses moustaches. Tout en nous surveillant de son regard aigu, il se coula vers la soucoupe, la vida à moitié, et disparut.

« Tiens, on dirait qu'il a pas faim... » observa Gaston.

La bonne explication nous fut fournie dans les minutes qui suivirent ; car Jules nous revenait, accompagné, cette fois, de sa mousmée — une petite chatte blanche et noire, passablement crottée... Et c'est elle qui finit le repas, sous l'œil attendri de son compagnon.

Irma en était toute remuée :

« Ce qu'il est mignon, quand même ! Vous avez vu ? Il lui a laissé sa part et il a été la chercher... Sympa, non ? »

L'affaire commençait à m'amuser... Le jour d'après, on eut encore droit à la visite du couple qu'escortaient, cette fois, trois chatons qui trébuchaient maladroitement dans les hautes herbes. Le spectacle était charmant et je n'eusse donné ma place pour rien au monde. Mais si ce samedi de printemps avait débuté sous d'heureux auspices, la suite en fut plus morose : deux arquebusiers de la police des mœurs surgirent dans notre dos et interpellèrent Irma.

« Ben quoi ? s'insurgea-t-elle. Où vous avez vu que

je tapine ? Je cause avec ces messieurs. C'est défendu ?
— Allez, Irma, on t'embarque. Ne nous prends pas pour des imbéciles, en plus... »

Discuter ne menait à rien et Irma s'éloigna, encadrée par les deux poulets.

J'interrogeai Gaston :

« Ils vont la garder longtemps ?

— Vingt-quatre heures, en principe. Deux jours s'ils sont mal embouchés... Ça prouve bien que les lois sont idiotes ! La retape est autorisée mais, en même temps, elle est défendue. Ça rime à quoi, voulez-vous me dire, d'embêter ces filles à tout bout de champ et, trois fois par an, de leur faire payer des impôts très officiels sur l'argent qu'elles gagnent, mais qu'elles n'auraient pas dû gagner, tout en les remerciant de le gagner parce que ça rapporte à l'Etat !... Dingue ! C'est dingue... »

Si Irma restait embastillée quarante huit-heures, je savais ce qui m'attendait : les rallyes-bouffe de notre petit monde m'incomberaient...

De fait, Irma ne reparut pas le jour suivant, non plus que son chevalier servant, et, m'étant pourvu du nécessaire chez le grainetier de Boulogne, je m'employai à garnir mes mangeoires et mes gamelles, angoissé à l'idée que, ne la voyant pas, les pensionnaires pourraient rester au large...

Mais non, ils vinrent becqueter. Comme d'habitude... Oh timidement, d'abord, voletant de branche en branche et de plus en plus près, tournant sans cesse leur petite tête comme s'ils cherchaient « maman » et se pépiant mutuellement des informations auxquelles je ne comprenais goutte...

En fin de matinée, levant la tête de mon bouquin, je vis Jules, sa Julie et les marmots s'aventurer en direction de ma soucoupe. Je demeurai de pierre le temps qu'il leur fallut pour la nettoyer.

J'étais content.

Quand Irma et son garde du corps réintégrèrent le cantonnement, ils me dispensèrent, d'entrée de jeu, la mauvaise nouvelle : la Maison Poulaga promettait à Irma que si on la retrouvait dans sa « forêt close », elle n'y couperait pas de trois mois de cabane.

« Faut que je change d'endroit !... Tout ça est d'une hypocrisie !... Et mes oiseaux, qu'est-ce qu'ils vont devenir ? Et les écureuils ? Et Jules et sa petite famille ?... »

Le dernier mot restant à la loi et aux règlements, surtout pour les gens qui n'ont rien à se reprocher, Irma et Gaston émigrèrent plein nord. Gaston marchait devant, avec ses pliants et sa réserve de pousse-au-crime.

« Va pas trop loin, lui criait Irma. On va se retrouver chez les putes... »

C'était cocasse.

On finit par dégoter un petit bois de bouleaux qui pouvait convenir. Gaston ouvrit son sac à malices et se servit mélancoliquement un grand verre de cacheté pour faire passer son désarroi. Moi je les abandonnai car j'avais à faire mais je leur promis une visite imminente.

Le lendemain, je les retrouvai sous le feuillage dansant et chantant de leurs bouleaux, fidèles au poste. Irma broyait du noir. Pour la forme, elle venait d'installer ses gobelets sur des troncs, sa soucoupe à chats près d'une sente, ses noisettes au pied des arbres. Mais elle n'y croyait pas...

Gaston avait de bons yeux et il fut le premier à le repérer :

« Dis donc… C'est pas Jules, là-bas, au bord du fossé ?… »

Pas d'erreur, c'était Jules. Avec toute sa tribu. Brave Jules ! Il nous avait retrouvés !… Irma se leva d'un bond et alla vers lui. Et Jules, au lieu de s'enfuir, se coucha dans la mousse, comme pour lui faire comprendre qu'il n'avait plus peur, ses loupiots frétillants autour de lui.

« J'ose pas aller plus loin… Mais demain, je les caresse !… Oh regardez ! Dans les arbres !… »

Miracle ! Une vraie volière s'abattait sur le petit bois, des dizaines d'oiseaux tournoyaient autour des mangeoires, certains y piquaient déjà du bec… Les oiseaux avaient suivi les chats, de branche en branche, et eux aussi avaient retrouvé Irma qui, folle de joie, criait :

« C'est eux, c'est bien eux ! Je les reconnais ! Le rouge-gorge, là !… Il mangeait dans ma main… »

Les bêtes, ce jour-là, venaient de faire un joli pied-de-nez à la maréchaussée…

Le printemps suivant, je revins errer dans le coin où Irène et Gaston avaient établi pénates et dieux lares. Mais ils n'étaient là ni l'un ni l'autre, et je ne les ai jamais revus.

Mais l'histoire d'Irma, l'hétaïre aux oiseaux, m'a semblé si jolie que j'ai voulu vous la conter.

L'homme et le chat

L'HOMME descendait de la montagne en compagnie de deux de ses amis, et, à un détour du sentier abrupt et rocailleux, il le vit, assis sur sa queue, et qui semblait l'attendre.

Laissant ses amis s'éloigner, l'homme s'approcha et dit :

« Est-ce moi que tu attendais, le chat ? »

Et le chat répondit :

« *Oui, c'est toi. Parce que je t'ai choisi.* »

L'homme se mit à rire :

« Es-tu bien certain que ce n'est pas à moi qu'il revienne de choisir ?

— *Je ne crois pas. C'est moi d'abord, et toi ensuite.* »

L'homme, tout soudain, devint très grave. Il se pencha et passa une main très douce sur le dos du chat :

« Tu as raison... Je voulais simplement te mettre à l'épreuve... C'était bien à toi de me choisir d'abord. Et dès l'instant que tu m'as choisi, tu es à moi comme je suis à toi. Viens. Nous ferons route ensemble. »

Et le chat lui emboîta le pas.

De ce jour, ils ne se quittèrent plus. L'homme était une sorte de vagabond, toujours par routes et chemins, errant de bourgade en bourgade, dormant à la belle étoile... On ne l'aimait guère, dans le pays. Il faisait peur à beaucoup. Mais ses rares amis le disaient courageux dans l'adversité, compatissant à la misère des humbles, savant en toutes choses et habile à guérir les maladies du corps et de l'âme.

L'homme s'arrêtait parfois dans les villages que rencontrait sa course erratique et, sous les ombrages frais des places, il s'asseyait pour reposer ses jambes. Les bonnes gens s'assemblaient autour de lui — l'étranger venu de nulle part et n'allant nulle part — et il leur racontait des histoires que l'on ne comprenait pas toujours mais qui chantaient aux oreilles car elles parlaient d'oiseaux, de soleil et de vent, des histoires qui parlaient aussi de justice et de paix...

Les prêtres et les maires se méfiaient de lui et de ses discours, les uns parce qu'il faisait concurrence à leurs prêches, les autres parce qu'il troublait l'ordre public et mettait, disaient-ils, dans la tête des paysans des idées subversives. Dès lors, s'il semblait manifester l'intention de séjourner plus longtemps que le tolérable, on lui dépêchait les gendarmes qui lui intimaient l'ordre de circuler. En ces circonstances, il ne protestait jamais. Il empoignait son bâton et il s'éloignait sur la route, son chat sur les talons.

Ses compagnons n'avaient pas meilleure réputation. On les disait paresseux, fantaisistes, frondeurs et hors des lois. La bande se reformait périodiquement, « pour préparer un mauvais coup », assuraient les édiles municipaux, « pour faire la foire », prétendaient les envieux que leur liberté et leur insouciance agaçaient en ce qu'elles rendaient plus morose encore leur servitude aux travaux des champs, « braconner de concert », affirmaient les gardes-chasse, « pour inventer quelque diablerie », s'inquiétaient les superstitieux en montrant du doigt ce chat, noir comme la nuit, qui suivait l'homme et ses amis, où qu'ils aillent et quoi qu'ils fassent.

Et c'est vrai qu'il était troublant, ce chat... Quand il vous regardait, son regard vert vous transperçait jusqu'à l'âme comme s'il devinait les pensées les plus secrètes et les desseins les mieux dissimulés. Il ne miaulait jamais ; dans les bourgades traversées, dans les fermes approchées, il n'entrait jamais dans les cuisines pour réclamer à boire et à manger, ainsi que font souvent les autres ; lorsque son maître faisait halte sur un banc, contre un mur de pierre que le soleil avait chauffé, il s'asseyait à ses pieds et regardait les gens passer, les oreilles bien droites et la queue soigneusement enroulée autour des pattes. Dans ses longues pérégrinations, l'homme, parfois, le juchait sur son épaule droite pour épargner à ses coussinets les cailloux aigus d'un sentier, lui faire passer une rivière, ou lui parler à l'oreille, tout simplement. Et les commères, sur leur passage, fermaient leur porte et, par l'entrebâillement d'un rideau, elles les regardaient décroître sur la route et s'évanouir dans l'horizon des blés... A proprement parler, l'homme et sa bande ne dérangeaient personne, mais d'aucuns jugeaient qu'ils étaient, pour les enfants, un mauvais exemple, à preuve le fait qu'à l'occasion, des têtes fêlées les rejoignaient, à la sortie des bourgs, et les accompagnaient quelques lieues pour discourir en leur compagnie et refaire le monde à leur manière — un monde juste et bon, sans rapport aucun avec celui-ci.

L'homme semblait se soucier fort peu de l'inquiétude qu'il suscitait parmi les gens d'ordre. Lui et son chat continuaient d'arpenter les grands chemins, par neige, canicule ou frimas, menant sans souci apparent l'existence vagabonde qu'ils avaient choisie. Aussi, et parce que l'homme constituait un défi vivant à la morale établie et aux enseignements dispensés, les autorités locales décidèrent d'alerter les autorités supérieures. Une délégation se rendit à la ville et frappa à l'huis des bâtiments officiels.

Le préfet et le président du conseil général tinrent conférence, entourés de leurs plus avisés collaborateurs. Le préfet venait de la capitale et l'émoi de ces provinciaux lui semblait un peu excessif. Après tout, le chemineau ne menaçait pas les institutions de la République et s'il est bien vrai que son comportement et ses discours aux simples d'esprit pouvaient choquer certaines oreilles, faire vaciller quelques convictions religieuses, déranger quelques instituteurs et quelques vicaires, cela ne dépassait pas les limites légales du droit de dire ce qui vous passe par la tête ou de marcher où bon vous semble.

Le président du conseil général ne partageait pas cette analyse rassurante. Il se disait, lui, convaincu que l'homme visait en réalité un mandat électoral, avec un programme révolutionnaire parfaitement capable de rameuter les sans-travail, les sans-abri et les sans-culottes que de mauvaises récoltes successives et une pression fiscale excessive avaient, depuis peu, multipliés dans le pays.

Dans leur majorité, les édiles locaux et les fonctionnaires abondaient dans ce sens.

S'il n'avait eu dessein de briguer les suffrages des électeurs, comment expliquer ce besoin qu'avaient l'homme et ses partisans de discourir en tous lieux et à tout propos, et de reparaître périodiquement dans les localités déjà visitées comme s'ils tenaient à y vérifier les progrès d'une propagande insidieuse et nocive ? Après tout, des vagabonds, il en a toujours existé et tous, jusqu'ici, se sont bornés à quémander, de ferme en ferme, un quignon de pain et un pichet de vin, sans faire de prosélytisme ni s'encombrer de compagnons d'infortune...

Le président du conseil général obtint gain de cause et, un matin à l'aube, les gendarmes arrêtèrent l'homme cependant qu'il dormait dans un sous-bois avoisinant. Nul ne prit garde au chat qui, à bonne distance, suivit la troupe jusqu'à la ville.

Comme on pouvait s'y attendre, l'homme nia toute intention subversive, proclama son respect des lois civiles et protesta de son innocence. Mais personne ne le crut.

Enfermé dans la prison du chef-lieu, l'homme observait, par un soupirail à hauteur du sol, le va-et-vient des passants et des véhicules lorsqu'il vit soudain, tout près de lui, le regard triste et malheureux de son chat.

« Ah tu es venu, toi !... Tu ne m'as pas abandonné !... C'est bien... Mais comment m'as-tu retrouvé ?

— *Je savais que tu serais là. Tu sais bien que je ne te quitterai jamais.*

— Aie confiance. Je sortirai d'ici et, là où je vais, tu viendras aussi. »

Le lendemain, l'homme passa en jugement et fut condamné. Cela se passait en des temps anciens qui ne connaissaient ni la mesure, ni la pitié. Ce pourquoi on le conduisit jusqu'en un lieu appelé Golgotha où, à la vue de tous, il fut cloué sur une croix.

Cependant qu'il expirait, le chat, au pied de l'instrument du supplice, la tête dressée, ne perdait pas de vue les dernières lueurs de son regard. Puis, quand l'homme qui s'appelait Jésus poussa un grand cri et remit son âme entre les mains du Père, le chat s'en fut, tout seul, loin des curieux et des soldats, sur la route de Galilée et, à douze stades environ de Jérusalem, il s'assit devant un roc où un humble disciple de Jésus avait fait jadis creuser la tombe qu'il se réservait pour lui-même.

C'est là que vint Joseph d'Arimathie pour y déposer pieusement le corps de Jésus, enveloppé dans un linceul blanc. Il ne vit pas le chat qui s'était dissimulé dans les rochers.

Dans la nuit du sabbat, le premier jour de la semaine

commençant de luire, Marie-Madeleine et Marie, mère de Jacques, vinrent voir le sépulcre. Elles furent saisies d'effroi quand un ange du Seigneur descendit du ciel, renversa la pierre du sépulcre et leur dit :

« Voyez, Jésus n'est pas ici car il est ressuscité. Hâtez-vous de le dire à ses disciples. Voici qu'il vous précède en Galilée... »

Elles ne virent pas non plus le chat car il avait disparu...

Ce même jour, deux disciples de Jésus se rendaient à un village nommé Emmaüs. Et ils s'entretenaient de ce qui était arrivé. Et pendant qu'ils discouraient et échangeaient leurs pensées, un chat noir les dépassa et se mit à marcher devant eux. Et, bientôt, Jésus lui-même s'approcha et, tout en cheminant à leurs côtés, il leur dit :

« De quoi parliez-vous donc que vous soyez si tristes ? »

L'un d'eux, nommé Cléophas, lui répondit :

« Êtes-vous donc le seul à Jérusalem qui ne sachiez ce qui s'est passé ?... » Et ils le lui dirent.

Jésus et le chat les accompagnèrent jusqu'à Emmaüs

et les deux disciples pressèrent Jésus d'entrer dans leur demeure. Et pendant qu'il était à table avec eux, Jésus prit du pain, le bénit et, l'ayant rompu, il le leur présenta. Et leurs yeux furent ouverts et ils le reconnurent. Mais lui disparut devant leurs yeux...

Alors Jésus reprit la route de Jérusalem pour rejoindre les onze disciples (Thomas était absent) réunis au cénacle. Tout en marchant, il tourna la tête vers le chat qui trottinait à ses côtés, lui sourit tendrement et lui dit :

« Tes yeux étaient ouverts bien avant que ne s'ouvrent les leurs... Toi tu n'as eu besoin ni de miracles, ni de ma résurrection, ni du pain rompu pour m'aimer et me suivre. Parce que tu m'as choisi, je t'ai choisi aussi. Je te bénis à jamais, toi et tous les tiens... »

Et c'est pourquoi les chats — le saviez-vous ? — ont ce regard qui vient de l'infini...

Table

Le grand voyage du chat Moune 9
Gentleman Moune 59
Les pauvres vieilles pattes 67
Julie 75
Totor et Corentin 89
Marcel, Cui-Cui et Loulou 103
Déboires de Toutounet et rancunes de Monseigneur 125
Gugusse 141
Toccata et fugue en miaou majeur 153
Mitzy, le chat qui marchait droit devant lui 171
L'hétaïre aux oiseaux 185
L'homme et le chat 201

Du même auteur
aux Éditions Albin Michel

JULIEN OU LA ROUTE À L'ENVERS
récit
Prix des Écrivains Combattants 1976

LA MARÉE MONTANTE
récit

UN HOMME À VENDRE
roman

L'HISTOIRE ÉDIFIANTE ET VÉRIDIQUE
DU CHAT MOUNE
récit
Prix de la S.P.A. 1981

SACRÉES VACANCES
roman
Prix Scarron 1982

LES NOUVELLES AVENTURES
DU CHAT MOUNE
récit

Cet ouvrage,
composé par Charente-Photogravure
à Angoulême,
a été imprimé sur
les presses de Pollina
à Luçon
en avril 1985
pour les éditions Albin Michel

Numéro d'édition : 8796
Numéro d'impression : 6892
Dépôt légal : avril 1985

Imprimé en France